U0837259

河山

周晓枫 著

广西师范大学出版社
GUANGXI NORMAL UNIVERSITY PRESS
·桂林·

河山
HESHAN

图书在版编目（CIP）数据

河山／周晓枫著．—桂林：广西师范大学出版社，2019.3

ISBN 978-7-5598-1581-1

Ⅰ．①河… Ⅱ．①周… Ⅲ．①散文集—中国—当代 Ⅳ．①I267

中国版本图书馆 CIP 数据核字（2019）第 009346 号

广西师范大学出版社出版发行
（广西桂林市五里店路 9 号 邮政编码：541004
网址：http://www.bbtpress.com）
出版人：张艺兵
全国新华书店经销
北京盛通印刷股份有限公司印刷
（北京经济技术开发区经海三路 18 号 邮政编码：100176）
开本：889 mm × 1 194 mm 1/32
印张：8 字数：105 千字
2019 年 3 月第 1 版 2019 年 3 月第 1 次印刷
印数：0 001~8 000 册 定价：56.00 元

如发现印装质量问题，影响阅读，请与出版社发行部门联系调换。

目录

山

林

河

海

雪峰之下 / 天台散记 / 黎坪之秋 / 美若锦缎的兴义

| 山 |

雪峰之下

深秋的阿坝，我们走在四姑娘山的沟谷之中。

天气渐冷，已有霜迹。寒意中的高山杨和高山柳都叶片细小。灌木芜乱的枝条，交缠成无规律的网状，就在枯细而有刺结的茎上，结着袖珍的叶子、花蕾或果粒。偶尔的花也是小的，比如肋柱花，有着扁平如肋的蕊柱……一朵这么小的花，命名上却有哺乳动物甚至是肉食者的骨头，令人莞尔。我找到几株报春，花小得像我拇指的甲盖，它们在春天把草甸开成同一种颜色或是彩虹样的斑斓……这是即将入冬的时节，几朵花却在内心的时差里，兀自开出袖珍的春天。

相反，在其他地方作为灌木的沙棘，在这里长成了高大的乔木。缀满碎碎点点的果实……这洒金笺的树，是献给秋天的情诗；即使它们死去，在静如永恒的水面延展倒影，也像是骨节硬朗的字体。

沟谷里有大量断裂的树。不仅是残根残枝，许多几乎就是完整的一根，只是没有纷披的树冠和根系。它们被水、被冰川、被暴风，被神秘而大能的自然之手移动到这里。就在生机盎然的皂柳、川杨和洪桦旁边，密集倒伏着死去的树干。我伫立倾听，一切都是安静的，无论生死。小花和积雪零零落落，它们或许还有关于明天的梦；而一根被伐倒的树干，每一寸都是根、都是桩、都是枝条，都是自己作为一棵树时的完整回忆。

有些粗大的树枝被冲刷，在河流中堆叠起来，像搁浅的旧船，或者像崎岖的桥。我看到一棵极为高大的落叶松倒在河里，那些短而整齐的交错梯节，试图完成某种支撑……是的，那个向着高处、向着云端的梯架倒了，即使死去，它似乎还保留着不屈的树魂。

更多的树顽强存活。有些树的方向，几乎是在地上攀爬，它们的根被生生从地里撕扯出来，露出动脉似的根和毛细血管般的须。然而，被闪电劈砍，它们生长；被马匹的门齿啃咬，它们生长；被水泡、被虫蚀、被冰雪封锁，它们依然生长。生在这里，死在这里。我沿着栈道，瞻望这些植物里的勇士和烈士。栈道由松木铺就，上面有着细小的纹路、细小的疤结、细小的裂隙和落在上面细小的松针。雨、雪、行人的脚、牲畜的蹄印、岁月的屐痕落在上面，它慢慢地，弯折进入林木深处。

景区里最多的，当然是浅金色的红杉和墨绿色的冷杉。树是立锥体的，如果处理成平面绘画，它的边线倍于底线的长度。树的三角冠形，与山峰清晰而坚实的锐角，保持着匹配与呼应的关系。

…………

别处的山，大多弧线圆融；至少不像四姑娘的山，有如此凛冽的锐切面。很少见到这样几成直角的断崖，这样突兀的刃脊，这样似乎只存在于几何世界里的角峰。

一切，出自冰川的雕凿。我们可以用铲刀雕凿冰雪，可冰川雕凿的，是陡峭的山峰和裂谷——它在时间和岩石上，凿刻令人生畏的锯齿和沟脊。

我在山脚看到许多片状页岩，仿佛强力把它们叠加在一起，像手风琴被压缩的风箱。我曾以为，那就是一座山的肌肉纹理。视线向上抬升，参差的树木经雨雪风霜，参差的岩面刀劈斧砍，最后，是紧紧焊合如金属的……像整体的铁、整体的铅、整体的铜那样的，整体的花岗岩山峰。就像什么都不能把它分割和侵害……我看到，最古老的孤独才能达至伟大。

先于四姑娘山主峰，看到布达拉峰时，我已震撼。它在浩大的云、雾和雪中隐现，我有时分不清，那是埋进峡谷的浓雾，还是透过天光的云层。只是那种生蛮、旷远和神秘的景象，令形容词失去血色。

我第一眼见到四姑娘山主峰，是从车窗里毫无心理准备地向外看了一眼……之所以，我停顿数秒之后才惊呼，是因为瞬间遭受重击，我所目睹的神迹令我无法说话。很厚的云层围裹，一座巍峨雪峰，恰从云层中间的晴朗里显露出来，有如悬浮。

终年积雪，那不是水晶冠冕，那就是雪峰必然的部分：它的岩石和它的冰川。主峰线条锐利，切削果断——亿万年的褶皱，烘托立锥体的山巅；侧面的雪坡，被神谕般的光芒照耀。这个瞬间，之所以惊心动魄，是因为那最坚硬的岩石坐落在最柔软的云层之上，那最沉重的山脉坐落在最轻盈的虚无之上……无法否认，那时那刻，云层上，有诸神的光。

…………

雪，若有若无，弥漫世界的无辜尘埃，落下来……雪粒微小，落得像视线里一道几乎透明的划痕。这雪，落在我仰望的眼睛里。是啊，有时仅仅仰头，就令人晕眩……当我们把视线放到更高的地方。何况，四姑娘山，在高原。

天空晴朗的时候，我偶尔错觉自己是在潜水。上面是澄澈而浩大的蓝，是太阳闪烁的光束。没戴帽子，我的头脸冰凉，像浸在海底，那些开花或不开花的植物，也像海底的缤纷珊瑚……包括，身体轻微的异样感。所谓的高原反应，所谓的晕海，都是身体自然流露出来的敬畏吧？即使有了高原反应，我也愿意接受这打鼓的心脏，这泵压吃力的血，这有些急促的呼吸，这极为微弱的窒息感……因为，它们如同身置爱意的反应。这可以承受的头疼，让我想象，空气里有秘密之手，控制准确地，按压着我的太阳穴。

一切，不过因为我的弱力。

看，那些高原的动物多么自在。

一头黑牛，额毛有些卷曲，呈星状旋开，它前肋外侧的皮毛，有犁田般的垄行，似乎与内部构造有着隐约的呼应。它有新月形的角、深燧石的眼睛和松针一样长的睫毛。走动并咀嚼草茎，它的蹄下是薄薄的雪层，它的头上是万丈的云。还有马，鬃毛里沾满酸模的种壳，像脑袋上沾满草梗的孩子。生铁色的马蹄，向前，走进阴影交错的丛木里，走上阳光如瀑的草甸。我想象，在无人抵达的高处，一只雪豹，同时具备慵懒之美与杀伐之烈，它站在旷寒的山顶俯瞰……即使当它睡眠，那些映印在它皮毛上的星宿，依然聚敛光芒。

雪峰护佑一切，水汽上升，冰川融汇……因此，才有哈达般的云，牦牛似的山。

我知道，不同的地域，都有无尽的峰岭；我知道，所有的水，都去向遥远，无论是海，还是更高的天际。我行走在深秋，万山苍凉，一水天真。

松果坠落，如同精巧的灵塔；松萝披拂，如同树上挂满经幡。也许，云是哈达，河是哈达，雪线是哈达……那些走过转经筒的祈祷者，同样是一条由人流组成、敬献给这座神山的哈达。

天台散记

绿茶味的空气。从污染严重的北京，经过一千一百多公里的飞行航程，然后再坐几个小时的汽车……夜晚到达天台，站在宾馆门口，这是我的第一个瞬间印象。的确，就像午后沏了一杯明前新茶，却忘了喝，搁到晚上，茶已凉——但饮一口，清凉润喉，冷香回甘。

整夜舒服的睡眠，清晨是试音的小鸟把我叫醒的。像是刚刚谱就的旋律，它的声音开始是犹豫的，渐渐，就被喜悦和激情充溢，它饱满地高歌起来。我看到越来越多的鸟，从树梢飞到檐角，在最初的光线里展开天赋的翅膀和歌喉。一只黑白相间的小鸟，离我很近，跳来跳去，展示它细弹簧般的脚杆；一只深藏树冠中的鸟，离得很远，我猜不出样貌，但它嗲声嗲气的叫声，让我忍俊不禁。台州到处是草木，到处是溪流和滴水的声音，到处是迷宫般的幽径和露出滩底巨石的溪涧。青翠欲滴。对那些在水泥丛林中和混浊云层下谋生的鸟儿来说，是否，天台的鸟，活着就已经成为天堂的鸟？

岂止鸟类快活和受益。整个秋冬，我的嘴唇都在开裂，什么补充维生素 C、维生素 E，什么苹果加蜂蜜的偏方，均无效。北京向以春天干燥著名，所以随着暖意到来，我的状况并未好转，赞美花开的嘴依然破损，唇纹上起泡般挂着半脱落的硬皮。来天台两天，裂开的唇竟然自愈，这里山水好、空气好、吃得也好——我的嘴还有什么不满意的？这里的高山蔬菜生长期长，不施农药。什么时候，虫痕成了检验果蔬是否无公害的证据？我们请酒邀茶，在山上云雾缭绕的农家院落，高高兴兴，吃最健康的虫子剩菜。

用新摘的紫藤花蕾炒蛋，喝新酿的酒，特别符合中国文人的田园调调。不过，别因此得意，因为我有了别样的发现。远望田亩：云蒸霞蔚的朦胧紫色，劳动者纷纷弯下腰部的弧度。请教之后，得知地里种的是紫云英，正值开花和收割。割

我看到越来越多的鸟，从树梢飞到檐角，在最初的光线里展开天赋的翅膀和歌喉。

下的紫云英花茎用来喂猪，下面的部分沤在地里，是天然的肥料，增强土壤的养力用于种稻或种植其他作物。生活品质如此浪漫的猪，它们的食物不是泔水、垃圾乃至人类的排泄物，它们吃花和蕴藏其中的芬芳……似乎性情也有所改变，和其他地方吃饲料、抗生素和激素的速生猪相比，此地的猪出栏时间要长得多，它们慢慢悠悠、不慌不忙，一副平等且自尊的样子。

收割紫云英的是农民，但据说田地的产权属于国清寺。我曾看到田畴上一个僧人孤远的背影，久久地垂手而立，纹丝不动，似乎在用心感受……袍袖底端是隐约的风，头顶是清阔的天。渲染到天际的连绵紫色中，我记得，宠辱不惊、去留无意的那一袭青袍。

天台的国清寺享有盛名，已有一千四百多年的历史。虽然在历史上曾受到摧毁，甚至被改造为缫丝厂，但它依然保持着沉稳风貌与内在活力。就像国清寺里那棵古老的隋梅，遒劲的老枝和状如藤蔓的枝条，生生灭灭，如用枯墨写就的行草，但它每年依旧绽出新翠，依旧繁花似锦，依旧在果实里凝聚它千年的酝酿。

国清寺门口，伫立着高大而色泽鲜艳的四大天王。看看他们手中所执剑无鞘、琴无弦、伞无骨、龙无鳞——不仅不是高端配置，似乎连最基础的设施都没到位。不过，正是从这种缺失中取其隐喻，分别对位于谜底的风、调、雨、顺。庭院里花开锦簇，明代的古树上，两只松鼠活跃而快捷地追逐，尾部保持着怡然的平衡，那种形态，称得上行云流水。

由元代楠木雕制的十八罗汉，造型精细。据说供养千僧，其中必有三个罗汉，但我们并不能事先指认，而罗汉自己甚至也不知晓——命运会在不期而然的时刻被揭破和昭示。

拜过大雄宝殿里的文殊菩萨和普贤菩萨，我忽然听到寺外雷声隐隐。台州的阵雨说下就下，果然，庭院的地面很快就一片湿漉漉的。仰看雨水，如同电影中被放慢的镜头，它们既柔缓又决绝地，从高远的天堂抵达尘世的泥泞。神灵施予万物的爱亦如雨，淋漓透彻，日常而润泽，惠及众生。听雨，听国清寺的法师讲解坐禅，让我的内心被洗涤。他说禅修无处不在，即便寻常的走路，我们也可专注于脚与地的触感并禅悟玄机。这种静态与动态的追究，与写作颇为相似——或者说写作，也是一种俗世禅。的确，写作看似平心静气地伏案，其实汇聚对世界的专注与感恩……一念三千里，然后见万物花开。

国清寺里种植了许多花木，当我们第二天夜访时感受尤深。月色中，花开汹涌，锦簇满枝，暗香浮动的庭院令人心旷神怡。僧行月下，蛙鸣渐起渐弱。之所以来此夜访，是当地的大才子帮我们联系前去拜望住持方丈。

其实我很怕这种见面，怕被当头棒喝为“妖孽”，虽然知道大和尚必慈悲为怀，可难免惴惴。好在我的情绪很快缓解，甚至放松——出家人讳问出处，我却鲁莽问及法师，因为听说他是台州黄岩人，而我去年正好去过这个蜜橘之乡。法师不答，笑而不言。我不懂佛教规矩，猜测之所以讳问出处——是否不再追忆前事，是为了让出家人彻底断去尘缘，从此了无挂碍？我常常好奇，那些出家人是如何获得顿悟而绝念红尘的。对于我们这样的凡俗之辈来说，知道释迦牟尼是古印度迦毗罗卫国的王子，知道济公是天台县永宁村人，不仅对他们的存在增加信赖，且“他们出自我们”的认同感更能让人笃定追随信仰所散发的光芒。

提到济公，他就是天台人。游本昌扮演的济公形象传播甚广，但我似乎能越过电视荧屏嗅到不洁而混沌的体味，还有他努力维护的笑容，我并不喜欢。然而，对于传说中济公的性格：他乐善好施，他喜欢以戏谑的方式惩恶，我觉得有趣。我们不知道这位和尚如何眠云悟月、生疑求智，如何革故鼎新、行侠修心；世间流传的故事，多是关于济颠的破戒、不羁、醉步狂歌与神仙般的法力。参观济公洞时，看到一处崖壁滴水，据说为济公饮水之用。这并非导游的牵强附会，是我们自己的豁然发现——连续滴下来的水迹，竟然在岩壁上绘成一尊形神兼备的坐佛像。

天台以“神宗道源”著称，许多高僧曾在此修行。我们去华顶森林公园浏览，看到门口小贩售卖生姜一样的东西，原来就是黄精。据说，高僧入住茅棚，打坐与冥思，如遇大雪封山，可挖掘黄精为食。不过华顶寺有粥饭供应，鸣钟响起，僧人们披衲托钵、穿云破雾而来，日食一餐，然后独自返回茅棚之中，继续聆听内心的诵佛之声。一个作家撰文，说华顶寺有苦行头陀，名为“拜月僧”，敲打木鱼、口念经文，数小时边走边跪拜，直到月暗；有时一晚上要拜数小时，甚至彻夜不眠，拜至天亮。我未眼见，不知拜月僧的近况，但他们的行为所传递的神秘与美感，烙写于我的记忆。

也是在华亭，我们见识成片成林的珊瑚杜鹃。还未到花期，浓雾弥散，隐现着无根无叶的拳曲枝干，所谓虬枝绒干，风格怪诞，效果诡异。我想象，从这狞厉中怒放艳异无比的花朵，反而比温顺枝条的绽开更迷人。我不能解释为何震撼于此种狷介之美——是否，使我震撼的并非是美，而是不受审美约束的野性的自由？拐过弯儿，地上异动，我遇到一只癞蛤蟆，它开阔的口讳莫如深，以中世纪骑士般古老而极富尊严的步伐缓慢移动，渐渐，进入堆叠叶片的丛林与迷雾之中。

台州适合隐修，无论是高僧还是写作者；台州可以供养万物，无论自由的花还是散漫的蛙。没有什么在这里不被仁慈地喂养，我在明岩洞天看到崖壁高处的缝隙里，栖居着整群的蝙蝠——它们在正午的光线里匿藏，裹紧宽阔的衣袍。难怪寒山子择此而居，并活到百岁高龄，成为颇具神话色彩的唐代白话诗人。

寒山子曾经的隐居之处，如今山还是山，水还是水，河边还是磨刀的老者、浣洗衣裳的女人和或顽皮或发呆的孩子。我们乘船游寒山湖，湖水泛起鱼鳞纹，从某个角度的光线看来，行船汇拢的水波形成一道隐约龙脊。

我蹲俯船头，脖颈也垂下去……水汽，清凉如禅。涌起的浪在船头破碎，水流在船两侧漾开……渐渐，就感觉波浪真的流过自己的肩胛和脊骨，我正由此变成隐修在寒山湖里的一尾青鱼。

黎坪之秋

去黎坪的路上，车道弯转。

窗外，山影重叠，满铺秋色。

兜兜转转，一直在秦岭的山道和隧道。不停穿越隧道，一会儿是黑暗，一会儿是暖秋的明媚。隧道上端是连缀的顶灯，如影随形，随着道路走向，变化微弯的弧度。那些幽白发蓝的顶光，恍如大蛇的脊骨，而我们滑行在它漫长而光滑的腔肠……隧道之外，鳞彩斑斓。蟒是至为恐怖的动物，但在秦岭，我突然觉得一种诗意的隔绝带来能够克制恐惧的美，带来寂静而汹涌的美。

对比隧道里的促狭，天就更广阔。只是云层压低，如同天使垦殖的梯田。有时整个天空就像头巨大的蓝鲸，云是它体内的浮鳔，充满就升起，挤压就下降。我知道此刻的云层之下、群山之中，有着熊猫、羚羊、朱鹮、金丝猴等隐匿的精灵，有着它们发光、沉默的眼睛以及神秘的呼吸。

黎坪，在辗转山道的那一端。童话中，我们就是这样找寻线团之后的宝物。

来黎坪，看龙山。

2008 年汶川地震，造成土层松动、垮塌，村民发现裸露出来的山体纹象丰富。他们一点点地小心清理，龙脊龙鳞逐渐显现，鳞甲闪烁，姿态峥嵘。这些化石般的龙，从奥陶纪就在这里，沉睡了数亿年。

秦岭被誉为华夏文明的龙脉，象形的龙在这里被发现，有如寓意点题。如果不是地震，我们永远不知道，神把多少奇迹藏在日常之中，藏在泥泞之中；就像我们不知道，此时此刻附近的山岭，还埋卧着多少沉睡的巨龙，它们身上的铠甲生长怎样的花纹。

龙，我们提及最多的神物，它甚至成为民族图腾。虽然无人目睹真身，但我们熟悉龙的形象，它被刻画在纸张、木头、砖石和岩层上。龙神通广大，兴云布雨，它能上天入地，还能遨游大海。龙的样子千变万化，我们却连龙的颜色都说不清楚，它可以银白，可以青灰，可以金色，可以赤红。紫红色和网纹状结构，是龙山宝塔灰岩的典型特征——我看到这里的石龙有的呈苍灰色，有的呈红褐色，据说雨雾会使体色发生改变，遇水的岩面更近威严的紫红，上面的图案也更为清晰。

当我走过龙山的溶蚀沟，走过长近百米的单面脊，我知道数亿年前，这里是一片寂静的海床。是地壳板块的移动，是时过境迁的沧桑，使岩石在化学反应的作用下出现神秘的纹象。碳酸钙、碳酸氢钠、碳酸根离子……这些听来枯燥的名字，有着隐形而妙意的创造之手，就像盲人完成精湛的绘画，就像无神论的神迹。

这里曾经是海底。所以，可以在岩石上发现震旦角和海百合的化石。震旦角的锥形壳，外观尖长而光滑，如武器，如彻寒的匕首与剑鞘；里面排列气室与隔板，我想象这个古老的杀手，峥嵘、嚣张的头足如何探出，在幽暗的光线中捕猎……它是四亿多年前海底凶猛的食肉者。海百合虽是棘皮动物，但有植物状纤长优美的柄，以及缠绵的触腕，绽溢如花……即使被拓印在化石上，它们依然栩栩如生，令人怦然心动。

海啸不过是一朵浪花，山崩不过是一介尘埃。只有沉睡的龙，梦境漫长，近乎……沧桑。

黎坪景区，峡多、崖多、峰多、瀑多。

玉女峰和枫林瀑。擦耳崖和天书崖。剑峡，鹿跳峡，红尘峡。

葱郁的绿意转变成缤纷的醉红，亿万年的秋天，拓写在山谷和崖壁。有时看一溪之涧，如利剑穿喉，那水，如青铜之剑，碧意沉着。有时看崖壁上绿意仍婆娑，突然跳崖式的一抹红，瀑布般，流泻下来。大块小块的石头枕卧河道，一路走下去，只觉黄花红叶披靡，心事斑斓。

秦岭被誉为中国的植物博物馆。药用植物有党参、天麻、柴胡、杜仲、淫羊藿……观赏植物有杜鹃、玉兰、丁香、蔷薇、木槿……太多的植物我不认识。到处是枫树、槭树、椴树、桦树、漆树，到处是山毛榉科的水青冈。很高的枝上都有薄雾般的蛛网织挂，能捕捉什么样袖珍的翅膀？旁边就是小得失真的鸟，落在枝条上，像蜡烛台上的火苗。

秋天，雾气弥漫，有着令人舒适的冷意。垂直或斜飞的雨丝，不着痕迹，催促落叶。一阵风来，满山满谷都在落叶，沉重又轻盈，如迁徙的蝴蝶。我想起那句诗：“一棵树因为落叶的缘故，而感到自己的喧哗。”落叶飞舞，如死亡的焰火；落叶铺陈，如无法捡拾的梦境。在红尘峡漫步，物我两忘，让人体会呼吸里的永恒，生死间的短暂。

我缺乏体育锻炼，平常走一趟山路，就把老弱病残四个字给凑全了。但在黎坪的丛林里走，不觉累。最小的礼物包裹在空气里：负氧离子，送给渴望的皮肤和头脑。洗肺，洗脑，洗你隐秘而驳杂的脏器。洗前尘后事，洗往生来世，洗日月下的旷古斯年。

水是五颜六色的蓝，树是五颜六色的红。一路美景，好像一千次邂逅让你心动的人。这不仅是沙漠色的秋天、落叶色的山林。是更多。是柑橘之秋，柿杏之秋，南瓜之秋，板栗之秋。是蜂蜜之秋，琥珀之秋。是铜器之秋，烛照之秋。是黄昏之秋，以及被点亮的暖灯之秋。

由纷纷弯下来的树枝，我进入秋天的拱廊。深入其中，一切，美得就像谣言。

美若锦缎的兴义

贵州是一座神秘园：荔波幽光中的水上森林，世间桃源般的朗德山寨，空灵深邃的梵净山，隽永别致的青岩古镇……它独特的风景，仿若从天堂的一角裁切至人间。数次来贵州，我从没产生过任何倦意，反倒愈加感受着它的魅力和强烈的吸引。这片山水，美得超凡脱俗，别致又生动，有如苗族姑娘璀璨纯净的银饰……即使只是偶尔走过，轻悦之声也可能成为我们回荡一生的记忆。

假设梦想与生活毫无衔接之处，那它就不值得被向往。总有一些事物，比如孩子的瞳孔，或者奇迹般的景致，象征着神兑现给我们的梦境、许诺给我们的幸福。当我从昆明辗转，历经六个小时的车程到达兴义，正值朗晴的午后。站在山腰，观望万峰林，以及山下的那些悠闲的村寨——我想，谁都难以克制某种渴望，至少在这样的时刻，这里有我们愿意把自己彻底融入并遗忘其间的生活。

虽然时值深秋，风已略带凉意，但兴义的秋天依然弥漫着暖意的安慰。阳光处于变化之中，有时明亮，有时只是从云层里透出珍珠色，有时接近蛋糕坯层上那种松软的奶黄，照耀着成千上万的峰峦。万峰林的山丰满圆润，充满自足中的繁茂，就这样，绵延到远方压低的天际。圆丘形的山峦，让我联想起农场上牧人割刈并拢起的草堆，万峰林一定源于神伟大的创造和劳动。我再次眯起眼睛遥望，万千山峦，仿佛豹斑，在不规则中形成整体的均匀感。当太阳改变它照射的角度，这些峰峦也跟随着移动自身的斑影……万峰林之秋，就是一只跃动着的巨豹，天际起伏就是豹子弓起的优美腰线。高处的云，也把流动中的斑影拓写下来。地上的豹华美沉实，天上的豹自在轻盈……天地对称中，深怀暗恋般令人绝望无言的美。这样的时刻，令人产生妙不可言的错觉：寂静也是有声音的，它优雅地融入低音区里。我所折服的美，无不带有某些寂静的性质。

美丽的纳灰河穿流而过，作为一条平稳安详的经脉，滋育着丰腴良田。说河流，文人的脑海里容易涌现各种各样的形容词；而我以为，唯有最平实的“美丽”，才能配得上对河流的盛誉。对一条河流来说，轻易而片面的赞颂并不能给予什么，相反会是秘密的剥夺。暖金色的阳光下，冷玉色的河流旁，间隔的田埂形成丰富的图案，光线的映照下，美若锦缎。我们来的时候，早已错过油菜花开的季节，但想象垅亩间被风吹动片片耀目的金色，还有弥散在空气里花粉含蓄的香气，还是颇为令人神往。

万峰林被美景环绕的小小村子，大多有着动听的芳名：鱼陇、双生、乐立、耳寨……那些勤劳的人们守护着神恩，虔敬地弯下腰，种植他们慢慢拔节的庄稼和生活。这里是神话般古老又满怀童心的世界……峰峦之上，万仞阳光；峰峦之下，万物歌唱。

在万峰林享用的称得上飨宴，因为我们坐在长长的餐桌旁深斟浅酌，对面是下五屯山河似锦的巨幅画卷，耳畔是天籁之声。布依族姑娘们一边歌唱，一边举起热情邀约的酒。我始终迷恋少数民族的音乐，即使我听不懂一句歌词。我想那并不妨碍理解，反而激发想象。设想那些进入天堂的灵魂将如何交流。来自不同族群，被不同的文化所喂养，他们怎样突破隔阂彼此了解。忽然有一天我似有所悟，他们可以用眼神和音乐交流，那是不需要译者的语言，那是婴孩般的天资。少数民族兄弟姐妹的歌声，往往具有坦然而干净的儿童般的执着，其中满怀的爱，能够作为内在的光源把人照亮。他们在歌声里所传递的情感，既清澈又浓酽，纯粹而又明亮，我想对于精明的都市现代人来说，恐怕是久违了。

被徐霞客喻为“笋岫”的万峰林，自然是妙景奇观，但兴义不仅有大美之山，更有大美之水。我们乘坐游轮，前往红椿码头，击浪在船尾拖曳着长长的尾扇。四周是温柔而秀奇的峰峦，中间是一泓翡翠碧水，两岸植物展开清凉而宽大的叶片，还有栖身小舟的钓者，耐心等待鱼线下鳞光闪闪的收获。湖水寂静，山色却在变幻之中。我背靠舷窗，听着底舱发动机持续轰鸣，却拥有怡然的心境。水面阳光漾溢，不断重叠着它自身的斑影，我心思恍惚，仿佛枕靠波流，枕靠着窖藏的回忆和冥想。晚餐的酒家临水，各种取自万峰湖的水产滋味甘美，宾主尽欢。当我们离去，专门选择走湖边栈道。路灯柔和，雾一样的光线，照耀我们这些即将离去的夜行人。稠黑的湖，大鱼的鳍背不时响起击水之声，打碎了仿佛倒映在深水晶上的星座图。我想，那些害羞的鱼虾，也是受到召唤才会临近水面……轻轻一啄，那小小的星团，就像会飞的种粒，从一株蒲公英的球冠上被吹散。

著名的马岭河，集山水之妙，是游客必然前往的景区。在兴义的短暂三天，我两度游马岭河。

第一次去是在清早，晨星未退，我们利用手机微弱的光源向前探索延伸的石径。别说风景，连近旁的树木都只能看到依稀轮廓，只听得到鸟鸣和隐隐水声。水声越来越响亮，回荡在黑暗的空腔里，让人感受到雷霆万钧的震撼。终于迎来天光放亮，我们站在观景台上凭栏遥望：飞瀑从陡崖跌宕，其实声威并无想象中浩大，但在晨曦里意境缥缈，别有一番空灵况味。瀑布溅起的水雾打湿脸颊，让我心生清凉，有如一株渴水的植物被灌溉。峡谷仿佛地裂般地势险峻，刀劈斧削的两岸侧壁中，露出一线高远而狭窄的天……而天色，竟是青花瓷般的净蓝。由于当日上午还有活动，我们只能匆匆领略马岭河之魅，步行半小时之后就折返了。

因为不甘，心里对马岭河有了暗自的盟约，果然第二天我再次到来。怀了从容的心境，我沿着崖底开凿的小路缓行。这次来得以目睹马岭河的奇观：岩层以一种极为独特的方式悬垂于崖壁，上面缀覆着星星点点的绿色灌丛，远远望去，峥嵘参差，好像巨龙披挂的鳞甲，让人产生一种置身远古或神话的震撼之感。听了导游解说，我才知道这种现象称为钙华。因马岭河特殊的地貌和水汽条件，使碳酸钙凝聚固结，逐渐形成巨瓣状的钙华体，俨然龙腾。从侧面上，又是另一番景致：万马齐喑，破壁而出……想起这条峡谷的名字，倒有切题之妙。数小时畅游，我毫无倦意，因为变化万千的瀑布，因为经常悬映在瀑布里的彩虹。

以前到过一些旅游区，我已经习惯了要从城市中驱车遥远，才能见识到那隔绝于尘世的景致。可无论是万峰林还是马岭河，就位于兴义市区，它们的美如此具有亲和力，就在主妇的灶火旁边，就在孩子上学的路上……像硬质的宝石，被镶嵌在人们的日常生活之中，而不被磨去内敛而温润的光芒。

人在草木间 / 橘花之盟 / 我的苹果园 / 慢舞的茶 / 夏桑 / 宜兴竹海 / 贺开古茶山

| 林 |

人在草木间

我认识的福建人，好像没有谁不喝茶。无论冬夏，他们随身携带身份证一样带着自己的茶。密封性强的铁罐不算夸张，我数次目睹出差的笔友，带着整套茶具。茶盘、茶壶、茶海、茶漏、茶巾……除了数只以供邀约朋友的品茗杯，我竟还看到有带着私人茶宠的。我笑他们，只差背个屏风和古琴来。

我不算饮茶人。喝也行，不喝也行。写作时我以咖啡为伴，养成了心理依赖。咖啡或茶，开始是自愿地被束缚，久而久之，就缠绵入骨，难以为戒。很难说它们是苦是甜，复合之味才令人上瘾。

作为不解茶趣者来安溪，来铁观音的原乡，我总觉得自己混浊，品佳茗也相当于牛嚼牡丹。抬头，茶馆匾额写着“禅茶一味”。无论是禅意还是茶味，我从来无法体会和参破……它们极简之后的丰富。好在，禅与茶，都慈悲宽容。

茶，这个字，拆开笔画，就是：人在草木间。植物的馈赠，看看草与木，从纸、茶、药，到床、船、屋……我们随时生活在草木之间。我们阅读的书籍，我们穿着的衣裳，我们弹奏的乐器。茶，是其中日常又慷慨的给予。

每天的日子，开门七件事：柴米油盐酱醋茶——最后一个是茶，微妙地超越其他。如果是生活需要，水就够了。文人喜欢诗酒茶：诗是对文字的奢侈，酒是对粮食的奢侈，茶是对清水的奢侈。正因为茶是高于生存需要的水，所以象征精神的部分。是啊，对生存来说，精神就是奢侈——正因有了这些奢侈，我们才不枉此生。说起来，都是动物的生命，人是其中的奢侈；茶寿指一百零八岁，是把“茶”字拆成了“二十加八十八”……所以都是长寿者，茶寿是其中的奢侈。

茶，并非神话中的灵丹妙药，而是现实中既平凡又堪称伟大的植物。福建安溪，以铁观音闻名，茶香似乎弥散在这里的空气里……香，是气味的奢侈；铁观音，是茶里的奢侈。

传说 1723 年观音托梦所赐的母本茶树，就生长在安溪打石坑的岩缝间。汽车沿山道攀爬，带领我们去参观这棵神话般的古树。铁观音的生长环境，要求一定的海拔高度。到了山顶，并非终点，还要沿着层级并不规则的细窄土路下行。脚边是枝条参差的植物，耳畔是从远处传来的水声……水流细巧，介于溪与瀑之间。我们一路小心，相互搀携，才下到平缓的底部。

虽然知道铁观音是灌木，不可能树冠盛大；虽然知道越老的铁观音，根系越深，香气越沉郁……可母株如此瘦小，还是让我意外。它没有得到彻底的伸展，每发新芽，每生新枝，收取的手就会到来。它的芽叶幼嫩时就被采摘，它的枝条被不停折断用以扦插育苗——就是这样一棵被限制、被切割、被剥夺的茶树，守着承诺般，守着它叶片的独特形貌：紫芽斜尾，缘齿疏钝，上面有着拇指按压般的神迹印痕。

并非夸许，茶有近乎神迹之处。折断枝条，插土就能成活……万能的再生。你摧毁，它报以辽阔的丰收。甚至更为勇敢。母株压条繁育时，经过扭转和压扁的伤枝，反而有利于更好更多地生根；如果小心呵护，却事倍功半。一万次酷刑，意味着一万次的繁茂，十万、百万、千万次的慷慨。茶叶制造的过程也是这样。摇青时，芽叶相互摩擦、碰撞，受损的茶青反而分泌香气。每片茶叶，都死于离枝，死于炒制，死于滚水……然后，它们又从中复活，将自己的清香与甘醇，灌注到每一滴水里。从伤害里汲取成长力量的茶，就这样，涓滴灌溉，帮助我们清除体内的毒。

茶，看似羸弱，却隐藏柔韧而惊人的力量。站在这株古茶树旁边，我观察它厚实的叶片、陈旧的花瓣。我安静，和朋友偶尔交流，也尽量低语……我不由自主的态度里，仿佛包括对时间和沧桑的尊重。

我以前觉得，交通的便捷、瓶装水的储存、空调系统的温控，使今人很难体会古人曾经的乡愁。我们可以在全球化的环境里，共享无差别的水土。但是在这棵茶树面前，我改变了看法。也许，我们能保留自己所适应的饮食习惯，所乐于交流的乡音，以及那蓄意维持的心理时差。植物，替我们凝结着乡愁：土壤里的酸碱度，空气中的含水量，海拔和温差，云雾雨雪，都在其中。活着的茶，在冷水浇着，根系沉默的一切；死了的茶，在滚汤沏着，重新活过，在袅袅升腾的丰沛水汽里，还你故乡的云雾缭绕。

形如铁、色如铁、重如铁……庄重，就在这一盏琥珀色的铁观音茶中。它是由土生长出的木，经过火上的铁锅炒制，最后水让它复活。一盏茶里，汇聚金木水火土……我们人生的五行，尽在其味，尽在不言之中。茶作，是人与植物的灵魂交流，就这样日月天地，就这样草木山水。

茶，经历水火，是树叶的前世今生。最初，它被揉搓，被携带，在更久的日子里不死。茶，折叠自己，它在自己的抱缩里藏好往昔的春秋。最后，神秘收拢的叶脉打开了，像一个人慢慢摊开手心里的掌纹。铺满刻痕的线条，记载它活过的风雨。制茶时，水分被蒸发，年少青春的饱满汁液消失。茶，是变成老年的树叶，暮色沧桑。的确，茶，是一片树叶的回忆；但这回忆里，饱含变化。是昨天的自己，又不是昨天的自己；是昨天的复活，又不是昨天的复活……浸泡缓慢，体会悠长，如是，恍兮惚兮。

此时，在山岭中。周围是高起来的地势，底端是铁观音的茶枝。冷冽的空气浸泡，让我清醒。人生一世，草木一秋。如是，我们在更大的天地茶盏里被时空浸泡，散发出一生微苦里的领悟、回甘里的安慰。

橘花之盟

春天，仿佛让万物复苏与繁茂的偌大方舟在我们身边停靠下来。四月的南方，湿润，清新，少女眼睛里微漾的泪光那么动人。穿越万米之上的云层，我来到中国蜜橘之乡黄岩，想去感受十万亩橘花散发的香气。

黄岩的柑橘种植历史悠久，品种丰富。我喜欢参观果园，无论是在采摘季还是专为赏花而来。可惜迟了几天，等我进入黄岩的橘园，多数花瓣凋谢，已经开始坐果了，萼片上托举着珍珠大小雏形的颗粒。偶尔还是能找到开花的树。原来开得如此浓密，朵瓣牙白、蕊柱鹅黄的小花，密布枝丫。梗相对长，加上星芒状的瓣，橘花的样子看起来就像袖珍仙女的魔杖。自然真是神秘，竟能从这样精巧的花里，慢慢酝酿出圆满的橘实。

橘子外表金黄，剥除之后，隔着里面丝丝缕缕的絮状物，然后才是半月形的囊瓣。吃橘子的时候，人们把絮状的帐幔和坚实的籽核，都放在功能如小碗碟的橘皮上。橘子不仅自带容器，而且是内有小包装的水果，十几瓣橘子可单独取用。当橘瓣被剥除得仅剩一层薄膜，手感绸样细滑……亵衣薄软，像十几个姐妹羞涩地抱拢一起。水果的样子各具童话感。比如同样黄岩盛产的东魁杨梅，和橘子相反，全无包裹的裸裎着，散碎的深红蜜粒凝结在果核上。再看荔枝，像某种棘皮动物，比如幼鳄虚张声势的外皮——中世纪的小小铠衣。想想橘子之妙，除了水果所普遍具有的神奇，它又是如此平易、家常，微酸带甜，一如生活本身的滋味。

我们在橘树之间穿行。橘树甚至不太像树，看起来倒像一蓬蓬长大了的茂盛灌木丛。远远地，在橘树之间的缓坡形成的夹角上，我看到一个果农的背影。虽然距离不近，我依然能看清他身背橘红色的玻璃钢喷雾器，穿着高筒黑胶靴，他像一只勤勉的工蜂，忙碌在珐琅质的正午。如果有雨，水流就会汇聚在果农走在的渠沟，而此时，清凉的，只是他脚下枝条形成的阴影。果农向果园深处走去，很快被自己寂静而美好的劳动淹没。每朵花，都是与春天结盟的标志。橘花此刻看似单薄，但在硕果累累的秋日回忆起来，才知道这样的春天，它创造之手有着多么有力的骨节。想象数月后的果农，手执环剥刀灵巧地采摘——他会在劳动获得的慷慨回报里，感到怎样微醺的喜悦？

一条小河穿过橘园，几个浣衣的妇人裤角挽起在波光密集的水流中，衣杵捶打的声音时起时落。她们脸色赤红，腰腿圆大，不是古诗中的抒情形象，体现的却是日常而结实的本貌。古老的劳动，古老的生活，千年如斯。如果今夜仰望星空，它是否就像一座古老的橘园呢？那些金色的闪光果实，那些陪伴我们的甜蜜。原来，那些关于美、关于诚实的法则千年不改，一座橘园已概括太多的隐喻。

橘园后方，坐落着中国柑橘博物馆。

门口的橘神雕像，似乎并不年轻，她的体态腴润，韵致成熟，大约是因为她代表着丰收的祈愿。东方女子特有的圆润面庞，疏朗而娴静的五官——她裙袍曳地，只露出隐约的足尖，手里拿着一枚饱满的橘子。橘神有着劳动者朴素而满足的安

每朵花，都是与春天结盟的标志。

详神情。我对应地想起西方的许多女神雕像：赤裸，倦慵，除了诱惑，她们简直无所事事。想起东西方的此种差异，我不禁微笑。

博物馆门口放着一个巨大的根，这就是橘树秘而不宣的力量。橘根盘错，沉入深渊，才能支撑满枝丰盈的果实。我们看到树冠，就应猜到黑暗中那倒影般的宿根。如果枝条间哺育过飞鸟和昆虫，那根须之间也必然供养着同样丰富的隐默生命。大量展品和展板，普及着有关柑橘的科学知识。植物分类很有意思，填写在纲目属科理性框架里的，是古典而感性的抒情。橘子族谱附近的枝枝蔓蔓上，铃铃当当，都是随风起舞的悦耳名字：五桠果目、河苔草目、桃金娘目、伞形目……树状图形成鹿角般的枝杈，世界充满生动之美。在古文字形变化的说明中，我有了另外的有趣发现。柑橘，是橘、柑、橙、柚的总称，无论称呼怎么变化，字形里都隐藏着“口”字，可见人们难以抵抗橘柑的诱惑，唇齿之间须臾不舍离开它的美味。

参观过橘园，我们又来到黄岩的著名景区布袋山。刚进山，就下了毛毛雨。北方的毛毛雨再小也小不到如此精微的程度。灰色光线中繁密的乱针，落到皮肤上却毫无重量和感觉。

润物无声的雨，下得人心里柔若无骨。就在细雨中攀登。山有野趣，步道由各种材质组成。土、石、木、岩块和竹节，这条五味杂陈的路，走着走着，就水净沙明。桃花源匿于武陵，这里亦有袖珍的一座。到处是参差的绿。音阶般的流水，有时如琴低诉，有时雄浑如交响乐。行道上经常有千足虫闯入，身上附着金属色泽的华丽漆彩，小火车一样平稳而高速地移动。飞鸟轻灵，身影一闪即逝，尾羽像精巧的剪锋般对称张开。雨渐停，在别处可说的“细雨收尘”，在布袋山却是不成立的，因为，“何处染尘埃”？布袋山令人忘却烦辱，我想起朱熹的句子：“莫问无穷庵外事，此心聊与此山盟。”

我们住在布袋山脚下的村舍。村里的狗温柔害羞，听任小孩子或轻或重的手脚揉搓，却低头躲开游客的直视。院子里散养鸡鸭。公鸡冠宇嚣张，赤红着一张余怒未消的脸。有时几只体健者联合起来欺侮一只看起来孱弱的公鸡，后者在频频袭来的喙锋之间闪避，并仓皇地试图从围剿中逃脱——它有时误入母鸡阵营，这引发了新的误会和讨伐。鸭子倒是自律者，无论行动到哪里，队伍总是排成整齐的一行。村里的食物绿色天然，餐桌上有当地特产的走地鸡、紫山药和一盘暄软的白馒头，已是简单而香气四溢的美味。

当晚布袋山举行黄岩每年一次的“橘花诗会”，诗人们举樽邀月、对酒当歌。我独自漫步小道，在朦胧的树影之上，山村的月亮浩大、端庄。

我总是想象月亮背面有更多的阴影，也许，唯有我们目睹的这面，月亮才雕镂着如此美妙的工艺。在这样的夜晚，恍惚于月色之中，我重回归沉静。事实上，许多时候我听不到自己的回音，某种声呐系统被破坏掉了。身体里的寂静区域，会突然爆发出啸音——那本来不属于灵魂的分贝。我失去了内心必要的空旷，太多的纷杂事物相扰、挤压了空间；而自己也混沌，随波逐流，沉浮于事。有句话说：你不能叫醒一个装醒的人。如果我们试图唤醒装睡装傻装糊涂的自己，也许不需要持续叫喊，也许，只需要月亮的静寂。漫游乡村，我心怀祈祷，但愿未来一如璞石，有着埋藏在朴素里的奇迹。

是夜浩荡，月亮圆满、芬芳、灿若金橘。我由衷地体会到，美，永无终点……因为大美之中，有着任性而至尊的自由；而自己对自由的热爱与敬意，天平对面，没有什么东西可以称量。

我的苹果园

在山东大学读书四年，方言没学会一句，倒是记住不少当地特产。尤其满足口腹之欲的，像龙口粉丝、章丘大葱、淄博的周村烧饼等等。那时烟台苹果已很出名，同学回家带来几个，未及品尝，满宿舍弥散清香，让人都不忍心轻易咬破那层果皮了。

2009 年 10 月，我跟随中国作家协会来到栖霞，才知道这个胶东唯一不靠海的地方，正是所谓烟台苹果的出产地。在这云居霞栖的苹果之乡，六十六万栖霞人，他们勤劳种植的手，可以使中国人享有人均一公斤的苹果。

我们来的时候正是丰收之季，果树漫山漫坡，了无际涯。

每一枚果实都饱满光润，小灯笼似的，长得特别有节日感。这些汁水充盈的果实，让枝条呈现出微弯的弧度，也让这个秋天酝酿着令人微醺的酒浆。尤其黄昏时分，看天上晚霞红烈，地平线上苹果鲜艳，色泽也是红红金金，仿佛映照之下的另一种霞光铺满大地。栖霞，果然动听的名称，生活在这里的人们得以诗意地栖居。

宾馆茶几上放着几枚栖霞苹果，阳光在它们完美的弧度上镀了薄金。想起小时候，父母怎样把半个苹果作为对我听话的奖励。果肉中内藏一个神秘的五角星，里面有几颗土壤色的籽粒——看起来平凡而安静，但正是它们负载着家族使命，出发，跋涉，到尽可能遥远的地方，落地生根。种子在泥土里旋转自己，小小的华尔兹……在旋转中酝酿，渐渐扩展的同心圆，最后累积成饱满的果实。

用小刀剖开一枚栖霞苹果，我再次看到童年就已熟悉的那个五角星。把棕红的苹果籽粒倒在手心，在我纵横交错的掌纹上——它们一如童年记忆，让我想起那些积聚的时光，想起自己曾怎样相信存在着会说话的苹果树，想起冬夏停在枝头的鸟鸣，想起蟋蟀如何在树下做着过冬的梦。苹果的斑点，让人想到雨滴、星空、孩子鼻翼的雀斑……这世界最生动的部分，令人深怀感恩。

苹果，从贫困年代贯穿到富足时期的果实——如同稻米最象征粮食，它也最能代表水果。西方谚语里讲："An apple a day，keeps the doctor away。"（一天一苹果，医生远离我）。苹果既是医治百病的良药，又是最能带来饱足感的食品。由于贮存期长，在人们的心理上苹果是不限季节的，四季的篮筐里都盛纳着它们甜美的重量。在夏夜纳凉的躺椅，或者冬天飘雪的窗前，手里握有一枚苹果，嘁里咔嚓的脆响间，浆汁四溢，唇齿中弥散开那种喜洋洋的香气。

它是世界上栽植最为广泛的果树，也是大自然最古老的赐予。看到圣诞树上的礼物造型，或者神仙像前的虔诚祭献，我就想起，连伊甸园里的禁果都被描绘成苹果模样。是的，这是一种至为诱惑的改变我们命运的果实。亚当与夏娃偷尝这种智慧树上的果实，便知善恶，这似乎也是人类最初的僭越，因为它象征唯有神明才能掌控的能量。正是坠地的苹果，使牛顿醒悟世界运行规律，从此开启科学的转折时刻——果然是智慧之果。在丰收的栖霞，我想，能把神的食粮作为日常食用的水果，是否从某种意义，象征我们已然生活在伊甸园之中？

这次来到素有果都之称的栖霞，一个重要日程，是到作家专有的苹果园采摘。揭去提前一星期覆上的贴膜，阳光写就的作家名字奇迹般出现。王跃文讲过第一次吃苹果的经历，童年曾经珍贵得如同禁果，现在它们携带着自己的名字，累累缀满枝头，是那么结实、自然又喜悦的丰收。我当然惊喜，看到自己的名字，熟悉的笔画以陌生的方式，奇迹般呈现……它们慢慢融进表皮，融进果香。

记得几个月前，在朋友家的客厅，我见过一株低矮到盆景程度的苹果树，竟然结着二十枚左右的小果实。当时非常感慨，这么倔强的植物啊！我愿自己也怀有这棵盆栽苹果的理想，在有限的空间和土壤里，珍视点滴营养，酝酿着哪怕涩小的果实。进入栖霞的作家苹果园，我再次有所联想。这是牵强的比喻吗？写作的确需要如此酝酿，从苹果花般单薄的开始，一天天地努力，抗拒坏天气和疾病的袭扰，以及浮躁带来的诱惑，只是延展和丰富自己的根系，只是无语坚持，最后才能结出甜美的成品，微微压弯手臂样的枝条……

只在栖霞驻留短暂的两天，但我难以忘记那里有若童话的苹果园。我知道即使在黑暗中，也有完美的倒影……星空映照其上，也是一座金色的苹果园。

慢舞的茶

大堂并无差别，随着电梯运行抵达所在楼层，进入曲柄形的房间，我立即感受到隐约的异样。通常酒店的房间，沿着漫长通道的两侧展开，像植物对生的叶序；而这里，从楼道到房间立面，都像藤蔓有着神秘的弧度。房间的长度远超宽度数倍，依次排列五扇扁矩形的小窗，玲珑别致——我们到达湄潭时已是夜晚，刚才我远观夜景中的酒店，正是从这些精巧的窗口中流溢出琥珀色的光亮。

我的房间取名悦耳："湄潭翠芽"，朋友们所入住的房间也以茶为名。最为奇怪的是，这座酒店是湄潭县城的标志性建筑，外观竟是一把紫砂色的巨型茶壶——高四十八米二，直径二十四米，获得过吉尼斯认证，为世界茶壶之最。茶壶，横截面和纵截面都由弧度组成，据说这种双曲线结构在异形建筑里最具难度，当初可是颇费心思和功夫才得以实现。

我们入住其间，体验壶中乾坤。晚上，在天壶茶廊的高处品茗，眉目清朗而身姿袅娜的姑娘为我们表演茶道。远些，是酒店照明散发出虚幻的光晕；再远些，是山上高高低低的乔木与灌丛；更远些，是闪着优雅缎光的湄江河。此次一起来湄潭的，都是老朋友，我们体验着重逢之欢；不过，在这样的地方，即使独坐，亦有与灵魂私语之妙。是夜，万籁俱寂，枕梦而眠……我感觉自己就是一叶缓缓舒展的茶。

湄潭，好名字，抒情却不做作，有种宁静中的生动。此次来湄潭，是应副县长肖勤所邀。我习惯肖勤的作家身份——许多享有行政职务的官员写作，往往需要在文学标准上打折，需要被迫启动我们品性里的宽容才能给予适当褒义词——对肖勤，无须如此。这位仡佬族的女性创作颇具实力，斩获过少数民族文学的最高荣誉骏马奖。见过肖勤几次，交往不多，只记得她仰着向日葵般欣欣向荣的一张圆脸。肖勤似乎没有女作家身上常见的神经质，以至于我不知道她的健康对写作来说，到底是优势还是缺陷。副县长肖勤每日被大量公务锁身，我难以想象她如何在喧嚣中静下心神。芥川龙之介概括："小说家是精通世故的诗人。"创作需要现实提供基础素材，但过于繁忙的生活同样会对时间和心境构成侵犯。以我个人的写作习惯而言，难以对抗琐事干扰，必须滗除杂质，才能写出水净沙明的文字。肖勤如何在工作与写作之间从容摆渡自己？难道，无惧红尘，是因为她手中一盏茶意如禅的碧水？

早晨起来，站在茶壶酒店相当于杯垫位置的平台环望湄潭，我有如一只冬眠迟醒的动物——惊蛰已过，睁开眼睛世界满是深深浅浅的绿。诗里说"春风吹水绿参差"，好像只有绿，在一种颜色里可以汇聚如此不竭的丰富。因为与生命相关，没有任何绿色是难看的，所有的绿都生机勃勃、趣味盎然。尤其我们上午出发，去参观位于永兴镇境内的万亩茶海时，这种感觉更为强烈。业内人士考证，这里四万三千亩的面积是目前世界上最大的连片茶园。微雨过后，处处是初霁的明朗……万亩叠翠，让人仿佛坠入童话中的幻境。行行列列的茶树，组成宁静而有力量的波浪，令我们想象如一叶扁舟般在这里放逐余生。

茶海浩荡，当初曾用退役坦克改装成拖拉机来收割。若要维护茶叶品质，必用人工采摘。于是，我们来到享有“西部生态茶叶第一村”称号、著名的核桃坝小试身手。概括贵州最有名的俗语是：“天无三日晴，地无三尺平。”听似略带贬义，其实来到贵州，我反而觉得其中隐含赞美。不平，才得以呈现地势起伏的美妙变化；不晴，才能身置这样不晒不寒的迷人的小阴天。县志记载湄潭虽寒不严、虽暑不酷，除了气候，我们的心情也温度相宜，带着微微的湿润。在这样的天气下采茶，完全不似劳动，核桃坝的采茶美女安静而自足，双手灵巧得像在弹琴拨弦。肖勤告诉我们，茶叶其实是用巧劲儿被弹断的，如果用指甲掐，等沏泡时就会发现芽根有黑点，影响观赏。因为技术并不娴熟，我们略加尝试就放弃了，免得污染和糟蹋茶园美好的丰收。

湄潭县茶史悠久。在贵州茶叶生产区的页岩夹层面上，科学家发现了距今四亿三千万年前的黑褐色羽枝状植物化石，名为“黔羽枝”，是地球上已知的最早植物……有如神迹，像是上天对此地特别眷顾。“黔羽枝”在时间上的四亿三千万年，与湄潭茶海今天的四万三千亩，仅仅是数字上的偶然巧合，但最古老与最辽阔的那种相遇，还是让我浮想联翩。烽火连天的1939年，为了筹集抗战经费，中央桐茶研究所在湄潭成立。我们进入“民国”时期的中央实验茶场，那里至今仍存留大量保持完好的制茶机具。人工风选机。皮带轮。顶端蕨草已然生根的铁皮锅炉。横横竖竖钉着栅格的包装箱，以前里面除了茶叶还装有木炭——当时是用石灰和木炭来为茶叶提香和保鲜的。我用手臂推动木制揉捻机，依旧旋转流畅，带着好听的低吟……像唱针触及了时光深处悠远的胶盘。湄潭不仅保留近现代茶工业的遗址，它在今天依旧续写着茶文化的不朽光荣。本地知名品牌的兰馨、栗香等企业，制茶程序早已由大型机器替代，在更具科学精度的指导下，湄潭的茶，日益享誉于它的精湛叶形与绝妙香气。

春风一壶茶胜酒。妙绿怡然……无论是湄潭的景致还是它的新茶。湄潭茶泡过数道而不碎，形态完美；汤色明亮、滋味鲜爽且回甘持久，就像记忆中的爱意。因为可以在沏泡中优雅地沉浮，所以人们把它称作“会跳舞的茶”……茶在水中的慢芭蕾，就像樱花在空气里，做梦者在他幻境般的夜晚。

日新月异，时代更迭，我们还有什么与祖先们所经历的别

春风一壶茶胜酒。妙绿怡然……

无二致？当然有，比如喝茶的习惯。茶的清香渗透我们，这就是每天进入血液的、美好的瘾。明朝的张岱有言：“人无癖不可与交，以其无深情也。”所谓癖也好，痴也好，不过是性格上难以自控的瘾。西方人喜欢咖啡，东方人嗜茶，都是进入民族和历史由来已久的瘾。据说“神农尝百草，日遇七十二毒，得茶而解之”。喝咖啡的，喝饮料的，喝茶的不喝茶的，好像没有谁说茶的坏话。茶，深具植物的美德，是嘉木界的大青衣。四季皆宜，暑日的茶让人清凉，冬天的茶暖也沁人心脾——翩翩的茶，在剔透的玻璃杯里轻歌曼舞。如此深得天地滋养，如何能不漾动人心？喝一口湄潭翠芽，肠胃里荡漾着复活的春天。

……我偏心地认定，所谓好茶，就是经历一系列繁复工艺之后，仅需半杯清水，它立即拥有植物完美而神秘的复活。

这种理解是我炒茶时得到的体验。资深的师傅炒茶，声如春雨，正在被炒制的新芽长度也如均匀的雨线。揉捻、翻转、摊晾，看不出师傅的什么特别，寻常手法而已，却能保持杀青、做形、脱毫、干燥和提香等各个步骤的精确与完善。炒茶的一般规律是，四斤或四斤二两水分充溢的茶青，能够制成一斤干燥后的成品。整个过程，茶师傅耗损甚少。我们当场试泡新炒出来的茶……芽叶得以舒展，栩栩如生，像是重回早春的梢头。我们每个人都轮流炒制了一会儿，虽然小心翼翼、极力模仿，可惜结果还是沮丧，不仅叶形破坏得严重，提香过程也进行得混乱且潦草，好好的茶被毁了成色。我们只好每人装上一小袋，拿回去为自己的失败留念。

炒茶场景，让我联想起写作。尽管生活提供的素材层出不穷，也需要以敏感的心、灵巧的手、持恒的耐性才能收取，如同采茶。即使你有幸坐拥茶园，也不意味着坐享其成。对写作者来说，最重要的，是类似于炒茶的处理过程——脱去过度抒情的水分，使之紧实，提取其中储藏的香气。伟大的写作者看似寻常，同样是文字、结构和主题，经过他们的手所炒制，就像复活的茶那样，完成出色而乱真的还原，并且在韵味和情怀上弥散持久的香气。写作和炒茶一样，需要天赋和耐心，无数或成或败的经验最后才能累积出近似的完美。

柴米油盐酱醋茶，说起来都是生活必备，但茶位列其间，略为与众不同——茶的必要性并非前者那样绝对，不过，隐藏在日常中那一点点不易察觉的奢侈，正是因为茶中蕴含某种形而上的境界。肖勤之所以能在政治和文学之间跨界，也许得益于湄潭这方养茶的水土——暗藏启迪的茶，能让慧心者领悟和觉醒。

告别前，我们在田家沟度过了一个动人之夜。这里，黔北民居特有的青瓦、花窗、白粉墙掩映在红花绿树中，美景令人无言。我常常怠惰，四体不勤，但如此仙境令人心动……就在此地做一个茶农吧，每天采摘幼嫩而明媚的春天？或者，我还可以继续慵懒下去，就像此地的青田鱼，在周围舒朗的稻苗和浓郁的绿意中，游弋和沉睡，全身溢满幸福的胭脂红。吃过有腊猪脚、酸酢肉、绿豆粉和油茶的晚饭之后，我们沿着乡村小路散步。溪水潺潺，暮色像越磨越酽的墨汁……这是浓淡相宜的山水乡村，让人想用行书写一曲小令。

湄潭适合种茶或植字的人，适合美好的劳动，也适合安逸的隐居。桃花源在哪里我们不知道……但恰好，湄潭有一条桃花江。

夏桑

夏津，名字清凉，似乎有通透的绿意和低处吹来的风。一进隶属山东德州的此地，真的是翠色满目。

先是棉田。看不到棉桃，只有层叠掩映的茎叶。棉花，夏津的方言称之为“娘花”，这里渗透着感恩。如果说云层是天堂的瓦砾，那么我们想象亚洲棉的采摘季，想象那些劳作在田间的手，如何收拢雪白而袖珍的团絮……这就是棉农的云朵和天堂。棉布不闪光，却熨帖温暖，像是日常的幸福。

除了田，绿意还来自树木。这里的生态旅游区，被称为北方落叶果木博物馆，梨、枣、杏、桃、山楂、李、柿等形成混交林。在果树下走过，枝条低垂，叶片经常抚触行人的额头。在这座深绿的宫殿里，累累垂垂，到处是挂满礼物的魔法之树。

杂果缤纷，以桑椹为最，夏津被命名为“中国椹果之乡”。一般都说“桑葚”，到了此地，叫“椹果”，不是草字头，改木字旁了。难怪不同，自有道理。夏津的桑林繁茂，且其中两万余株为百年以上的古树。生长于黄河故道的古桑，郁郁苍苍，耐旱耐瘠：沙质地表之上，是巨大的冠幅；地表之下，是缠接的根系。无尽的桑园，这来自古老的馈赠太丰厚——无论我走了多远，都像是刚刚进入树林。

童年因为养蚕，我觉得桑叶特别珍贵。蚕的食量很大，永远喂不饱，它的口器缝纫机似的沿着桑叶不停错动……隔着用于喂养的药盒，我听到那种咀嚼的“沙沙”声，既安慰又焦虑。我需要跑到离家很远的法院宿舍，才能为它们收集口粮。那棵桑树不算高大，可我的身高能够触及的嫩桑叶，早被同样热衷养蚕的小朋友摘取了，我必须借助外墙，爬到高处才能有所收获。偶尔因为作业多，口粮储备不足，打开药盒盖，就看到饥饿的蚕宝宝，看到它们额头上早衰的抬头纹，以及它们困惑又焦虑但几乎是僵硬的表情。如果我不能解决它们发愁的肠胃，它们就没有制造茧丝的能力和长出翅膀的未来。

我还记得有一天，邻居家同龄的三胖敲门，他递过一个塑料口袋，装满救命的新鲜桑叶——那个瞬间的意外和感动，几乎让我对自己许下沉默的誓言：长大以后，我要嫁给他。那时的誓言成了戏言，儿时的玩伴早已天各一方、杳无音信；我也早已忘记对桑叶的渴望与珍视，也几乎忘记了我的养蚕经历。

夏津桑树多，但这里的人们不养蚕。没想到在四十年后的夏津，我真正体验到蚕虫的生活，体会到桑叶的滋味。一般人会以为桑叶涩苦，多粗纤维——不对。夏津的菜谱上，以桑叶和椹果为食材……经过炸制的桑叶很好吃，味道柔和，没有侵略性，咀嚼起来唇齿清香。

这种植物，真是奇异。养蚕可以制造丝绸，连叶带果都可以食用——桑，可衣可食，可茶可酒。椹果既是水果又是药材，其实桑树的果、叶、枝、根、菌，均可入药。桑叶清瘟解毒，适合与菊花配伍。我不喝酒，无法品评当地的椹果酒，但我喜欢桑菊茶，一饮再饮，清凉入心。

椹果倒吃了不少。不仅有玛瑙色的，有稠浓的紫黑色的，还有许多白色的品种。浅白浅绿浅粉的，颜色不好看，长得像北京话里的“洋辣子”——像肉质幼虫的果实，我最初是抵触的，但没想到那么清甜，比紫晶色的好吃。何况，白桑椹还另有妙用。吃紫椹容易沾染颜色，衣服和手指，都会留下难以洗掉的污迹。神奇的是，假设吃了紫桑椹，再吃白桑椹，染黑的印迹就被中和了，变得干干净净，毫无痕迹。这美妙的化学，简直像是暗喻——你可以理解为，罪恶加上慈善就状若无痕；也可以理解为，再卑怯的邪念也能被最纯净的良心所改变和纠正。

当地有“撑包晃椹”之说：数人撑开布帐，被晃动的桑树降下甜蜜而急骤的果实雨。但对我来说，它是一种必须现场采摘甚至必须亲手采摘的果实。椹果不易储存，过夜就酸，八小时之内食用为宜。椹果抗拒运输，它只是要回报养育者，回报有缘的路人，似乎就够了，它不讨好远方的陌生客。

这是 2018 年的 6 月 9 日，微雨。雨水从树叶和零星点缀的果实之间，落下来，打在我仰望的脸上。和着雨水，我品尝被洗净的桑椹和甜蜜的露滴……果粒袖珍，喜悦，却美而盛大。桑椹芬芳，在树上却不招苍蝇，因为桑叶能起到驱虫之效。所以，椹果甜而干净。据说，连鱼都迷恋这样的美味，当池塘边的树结果，只要桑下撒网，就能把贪嘴的鱼群一网打尽。

6 月 9 日，恰逢“文化和自然遗产日”，这天的主题是“文化遗产的传播与传承”。当我采摘并享用古桑的椹果后，我就觉得，自己活得和那些古人别无二致。桑，是《诗经》里提到最多的那种树木；千百年后，“桑梓”还是代表故乡，“鸠食桑葚”还是比喻醉饮绝望的爱情。传统文化，就这样不动声色地延续到我们的生活之中……

古桑庄重而从容，它经过多少兵荒马乱，炭黑色的树干依然虬结有力，新绿色的树叶依然翻卷如浪。桑树蓁茂，古木繁盛，这里没有桑榆暮景，却是一片独木成林、虫鸣如织。每一道年轮，都是岁月的唱针；每颗缀满叶间的椹果，都形成树冠自己的星空；甚至每一朵寄生的桑木耳，都这样，听风听雨听岁月，听丰与歉，听悲与喜，听生与死……

以前觉得，我和蚕的区别，是它吃叶子，我吃果子。但现在，我吃过蚕吃过的叶子了。好吧，就让我彻底体会到一条蚕的生活。它吐茧上的丝，我吐纸上的丝。它的丝制成绸，可衣；我的修辞写成文字，也是灵魂的织物。

在夏津，我不断看到“桑”——沧桑的桑，是三个“又”组成的木。是的，一生二，二生三，三生万物……所以郁郁，所以苍苍。

宜兴竹海

这是让人略感倦意的五月，没有什么好，也没有什么不好。日复一日，我被卷在时间的发条上，听它滴滴哒哒的旧节奏。若干年前，春天一到，自己的骨头也跟着拔节，现在呢？在北京的车流里穿梭，透过玻璃窗，看越来越好的天气里越来越浓重的树冠和越来越轻盈的姑娘……可在汽车尾气参与制造的温暖中，我总觉得情绪正低迷下去。梦玮来电话的时候，我刚好把车泊进位置。一听他说准备邀约新朋旧友，去宜兴的竹海小住几日，我忽然觉得内心的引擎重新发动了，仿佛能听到那种悦耳的低鸣。

宜兴，位于江苏南端的太湖西岸，苏浙皖三省的交界之地。我们要前往的湖汊镇阳羡生态旅游区，从南京出发车程仅需一个多小时，所以广告语上这样蛊惑：“我们距离美好的风景就在一念之间。”此非妄言，因为风景开始得比预期还要早。一出南京市区，满眼都是吴侬软语般的春色。从宜兴方向进入湖汊的景观大道风光尤胜，道路两侧的树木搭成拱廊，叶影婆娑，绿意漾动。幽邃的，一条童话般的翡翠路就在眼前，很快又成为滑过两侧的消失风景，给人以眼睛里的湿润和太阳穴上的清凉——我们所体验的美妙，如同曼德尔施塔姆所形容：“就像走进一只单筒望远镜。”

提起宜兴，立即联想到紫砂壶。这里得天独厚的矿物质陶土，加之文脉上的悠久传承，才能造就空灵而又笃定的紫砂壶艺术。此处的阳羡贡茶也久负盛名，宋人在词中有过这样的表达：“世上渊明酒，人间陆羽茶。”以紫砂壶沏饮阳羡茶，享受世外桃源般的美景和闲趣，是何等逍遥境界？但对壶艺与茶艺之妙，我完全是门外汉，连基础的知识和修养都没有。常常觉得自身的浊气与邪气太重，心里的喧噪多，我离清雅之物远矣，我怕我的喜爱也是某种隐形的侵犯。

但宜兴有竹海，天然让我亲近。住在竹海国际会议中心，我一推开门就满心欢喜。整面都是通透的落地长窗，窗外，是满坡荡漾的竹影。浴缸小巧，被下端的四个爪形脚座托举着，放置的位置正在窗下。这样的浴洗，浸泡在一池氤氲之中，无论是看阳光被劈成一根根金色的竹篾照射过来，还是看月色就像一场大雪那样弥漫，闭上眼睛，听听寂静中汹涌的竹涛……这是真正的涤尘之洗。

第二天，我们深入这座国家AAAA级风景区。据说经过检测，这里的负氧离子含量高达正常环境的十到十五倍，难怪空气湿润而微甜，绿茶一样的清目养肺。世外桃源般尘埃无染，以至被称为“太湖第一源”的镜湖里，出现大量的珍稀生物——桃花水母。这是一种极具美感和洁癖的生物，它们格外苛刻地挑剔环境，只有最清澈的水质、最清新的空气，才能留住桃花水母那传说般的姿影。我们虽然没能亲眼看到镜湖中桃花逐水的奇迹，但看到那么多的蜂舞蝶飞，听到那么多鸟语蛙鸣。对了，说到蛙，从地图上看，宜兴生态旅游区的概念规划图很像一只青碧的蛙。旅游区内也的确隐藏着许多精灵般的树蛙，它们像宝石一样会变幻颜色。所以，这是一个能够听着鸟鸣苏醒、枕着蛙鸣入睡的好地方。

随后，我们沿着竹林中间蜿蜒的坡道向上攀登。其实并无雾气，却感觉隐约的云气缭绕——原来是竹子之间相互掩映，浸出的朦胧绿意。出土不久的竹子，仿佛还披覆蓑衣，那棕金色的叶皮竟有几分丝绒质感。多数的竹子齐整，身姿修拔，深深浅浅的幽妙绿色，说不清是在绿色中掺了雅灰还是瓦黑，只觉得既通透又含蓄。细看，干净的竹节上，像孩子用天才的画笔描绘出来的，生长着细腻的平行脉。竹海，清亮如洗——穿行其间，我们别趣盎然。

很难找到其他类似的植物，能像竹子这样运用到我们衣食住行的方方面面。竹笋是公认的美食，无论担纲主角还是被当作配菜，它都给味蕾带来快意，难得竹笋这样既上得台面又无比家常的蔬鲜。烈日下，竹帽带给我们如影随形的清凉；竹椅摇动，又陪伴我们度过多少安逸的时光。竹既可制作果篮、提筐之类的竹器，轻便易携，盛在里面的水果更鲜嫩欲滴，粮食更显得五谷丰登；又可搭建整座竹楼，没有比树荫花影中或隐或现的竹楼更见风致的了，那真正称得上“诗意的栖居”。仲夏的窗下，躺在一榻编织细密的竹床上，会是怎样的惬意？诗人陈东东曾写下活色生香的诗句来描述美人：“优美的双腿盘上竹床/涨潮的乳房/配合吹奏”——而那妙音的笛子，本身也是竹子做的。衣、食、住都说到了，还有行——什么是最古典、最有东方情韵的交通工具？竹筏上的船家悠闲地撑篙，胭脂色晚霞铺满整个河面。

竹子，一种慷慨的植物。

从旧时竹简，到现在的造纸原料，竹子书写着人类的历史；从青梅竹马的爱情，到竹杖芒鞋的修行，竹子以扶助的方式渗透我们的情感。它甚至无惧恶劣的环境，许多家庭都采用竹炭来清除污染；这样清幽的植物，也被中国古人用来象征气节。竹子兼具观赏与实用之效：从物质角度，它足够家常；从精神角度，它足够超拔。中空外直，隐喻谦逊和正直，竹子简朗得甚至有抽象的意味，它是受到欣赏与尊重的形象。一种著名品牌的香水，瓶身专门设计为浮雕的竹节造型。香水的味道也别致，不像是芬芳，而更像一种纯粹的干净味道……君子的味道。比之嗅觉上的刺激，更能诱动人心。

在竹林里走了几千米，身上有了薄汗，我们就在旁边的亭廊里坐下，饮茶。清风徐来，阳光照耀着竹节之间迸发的新芽。难得这样的时刻，这样的慢生活，自在随心……甘美的

隐喻谦逊和正直，竹子简朗得甚至有抽象的意味。

茶，禅意一样渗透我们身体。体内的安静和深沉久未被唤醒，在谋生需求和虚荣心的压迫下，我们总是忙于驱赶自己，似乎必须如此，才能在动态的节奏中保持跟进的活力。其实，许多人压抑的内心都暗怀避世的奢想。比如我，总隐约抱憾，生活得非我所愿。我仅剩的不甘，演变为一个沉默无语、自知难以实现的田园梦。正如财富是世人的追逐，田园也是通约的梦想，奔波中的我们，谁不向往这样的竹海灵境？

这样的南方午后，在布丁一样柔软的入口即化的春天里，遥望连绵翠色。那些竹子不弯曲，不依附，努力向上延展，饱含生机和力量。又想到令我沮丧的步入中年的写作。我常常恼怒于自己的写作里带了暮气，那么自然的暮气，体温一样，暖旧而熟悉。其实，暮气是由日积月累对自己的熟悉所导致的轻微厌弃。年轻时由热情而催生的动力正在衰减，我们如何像竹子一样，有力地拔节，不断在否定中塑造更高的自己？

就想这么坐着，陷入竹与茶的清香之中，陷入幻想……即使乌米饭一样的夜色即将到来。越过交错的竹梢，远端是暮色中的庙宇，钟声悠长。但愿我们能够跟从那钟声，秘密抵达。

贺开古茶山

任何时候去云南，都是让人怦然心动的旅程。避寒畏冷的本性，使我们不断靠近更暖意的地方——云南酥软的春天，能瓦解人的意志。那里植物丰茂，到处是狂欢节舞裙那样频繁打开的花；菌菇兼融荤香与素雅的美味；还有丰富而鲜艳的水果，对甜蜜也有一千种解释。这里有最轻盈的和最沉重的动物：蝴蝶和象。我在西双版纳的蝴蝶园里流连，看它们或如锦缎或如星宿的翅膀，以及工艺精湛的蛹衣，有的蝶蛹拥有埃及艳后的眼帘那样尊贵的金色。以前，一个朋友专门从云南背回象雕作为礼物，它沉得只有最结实的肩膀能扛得起来。象是我心仪之选：方阔的额，具有几何之美；垂落沉坠的鼻子，弦月般皎洁又陈旧的牙……象走动时兼具慵懒和庄严的步态，我忍不住欣赏它的伟岸。我甚至给动物园的新生小象取了自己偏爱的名字，幼象背颈上朦胧的刚毛令我忍俊不禁——尽管，它正在进食的母亲对我的怜惜表现出恼怒和经过克制的蔑视，鼻子摔打草料，腾起小团烟尘。

云南的好东西太多，这次，我们为茶而来。

可惜，我不是个饮茶者。对我来说，茶可有可无，水、咖啡、奶和饮料，我随时可以找到替代物解渴，因而也没有训练出来精确的味蕾和心理依赖。关于茶的知识，我贫瘠到粗鄙的程度，除了能想起“从来佳茗似佳人”等有限的几句诗，剩下的就是婴孩般的无知。但我对茶怀有始终的尊重。我知道，即使现代社会的变迁修改了太多既往的生活方式，茶，却依然贯彻某种古老而优雅的传统。朋友之间聊天谈事，经常选择茶舍，远比咖啡馆的感受怡然从容。眉目晴朗的小姑娘，纤手素衣，洗盏沏水，茶的清醇渐渐弥散，枯暗的叶片很快舒展，回到栩栩如生的春天。茶的养润，令人心旷神怡……即使每次用来冲泡的茶叶重量只有小小的几克，但它对我们完成了兼具苦味与禅意的灌溉。

产自云南西南部的普洱茶，不仅有着好喝而独特的口感，而且由于去脂减肥、怡神养胃等种种有益健康的功效，备受人们青睐。琥珀色，葡萄酒色，中药色——我总觉得普洱茶古色古香，它有自然的味道、怀旧的味道、沉迷的味道、玄想的味道。就这样，随着饮茶，悠远的时间慢慢渗进我的血液与呼吸。而且，普洱茶越储存越具价值——无惧岁月，它收藏时间深处的香气。

参观过酿酒，没见识过制茶，这次到云南六大茶山公司的车间，我们不仅了解生产过程，也学习自己来亲手压制茶饼。

那是盛午，阳光浩荡，能击溅出响声的那种明亮，我不得不眯起眼睛，看光线切割下的厂房。制作茶饼的车间从外观上看无奇，也听不到什么声响；进去之前，要更换消毒衣，手臂要浸泡消毒液，这里像是药剂车间那样讲求苛刻的卫生标准。帽子、口罩都戴好，通过狭长的过道进入车间内部。我最初印象是强烈的阳光照射在连续的窗玻璃上，我像进入一个硕大的蜂巢之中；逆光中那些衣着统一而缺乏辨识度的工人也像无声忙碌的工蜂。厚厚的口罩阻挡，我暂时嗅不到气味，但看到隐约的轻烟弥漫……那是蒸茶产生的雾气。所以最初的数秒，我看到的是热气中轻微抖动的有如魔幻的蜃景。

虽然全身武装、只露口鼻，但那些熟练的专业操作者和我们这些因好奇而雀跃的参观客区别是明显的——因为我们都忙于东张西望、左顾右盼，频频按响相机的快门。很快，我们不满足于只做旁观者，纷纷挽起袖子要小试身手。我把写上自己名字的标签放在称好重量的散茶上，专门在字签留白的位置撒上零星小叶，以期茶饼完成时具有某种自然主义的表现效果。装茶的是圆桶形薄薄的金属器皿，布满均匀的气孔；把它放置在机器的蒸气孔上，很快蓬松的茶体就吸收水分，体积缩小。用本白色的布袋罩拢茶桶，既要保证速度，又要用力匀停地翻转，然后用内置的提手提起茶桶，茶叶就被平铺在布袋底层。沿袋子边缘捏出连绵的褶子，并挤压空气，让旋转为绳的布结成果蒂样的缄口。这样，茶饼就做好了。平置于木架的茶饼，大约需要十分钟左右才能下降到适宜的温度。我触摸自己亲手压制的茶饼：微温，像梦中的月亮那样大小。

“茶出勐海，秘藏贺开”，这是六大茶山公司广告牌上的一句宣传语。沿着指引，我们来到了西双版纳勐混镇贺开村的曼弄老寨，这里有座秘藏千年的万亩茶山——总面积达四百八十三公顷，两百多万棵。茶园如此繁茂，又如此幽寂，按照山坡的形貌高低错落，有种参差中的自然之美与乐感。茶树的枝干斑驳，寄生苔藓，仿佛泛出铜绿色的锈斑——近于三星堆青铜器上那种古雅而神秘的旧绿色。千年古树看起来却如此低矮，在速生乔木的对比下，几乎是难以置信的幼小。由于生长缓慢，在茶农眼里，茶树是不生长的——如同“直线是看不见的巨圆所留下的弧”，这是一种可以凝固的缓慢，人类的视线无以见证。种植的全部是坡地茶，而非可用机器采集、生产成本和品质相对低廉的台地茶，仿佛由于诚实、朴素甚至是笨拙的劳动融入其中，才使坡地茶格外珍贵。多年前的农业技术认为必须勤于修枝剪叶，才益于茶树生长，各地纷纷普及；而这片茶山未被现代科学征服，因疏于剪枝，反而枝繁叶茂，维护了古茶特有的口味和品质。有人解释，这是由于懒惰而维护下来的传统，我倒宁愿相信，这里的采茶者对天地间的万事万物抱有足够的虔敬。

据说最初是布朗族人栽植了这片辽阔的茶园，不知什么原因，又遗弃了它。几乎是难以想象的思维逻辑，轻易放弃如此漫山遍野的财富啊。也许这就是古今之别，那些古老的人，从来不折算和计较劳动的成本和代价，他们从来不因任何财富而舍弃最为珍贵的自由。然后，茶山一直为拉祜族所守护至今。当地管理者为我指点山下的拉祜族村寨，远距离，看不清，但我想它已老到神话的程度。

当晚，我们在茶树间的空地扎起帐篷，夜宿古茶山。凉意渐起，我们依然不忍睡去，和那些草丛中的小虫一起唱起歌来。那是一个拉祜族演唱组合教给我们的:《月亮升起来》。这首歌在网络上存在数个版本，但多流于平庸，甚至有的歌手让它俗气不已。但两个拉祜族小伙子的歌声却动听如天籁:“月亮升起来哟，山寨静悄悄。花儿轻轻吹，弦子轻轻响。弹起我心爱的小三弦，我心爱的姑娘，你快快来……哎，哎，快快来。”

而此时笼罩在茶山的，不是月色，是浩大而辽阔的星空。满天星宿，那么繁密……写满童话。我总是迷恋与夜晚有关的事物，比如月色、星宿与焰火，它们都和昙花一样，只在幽暗中绽开。

露宿茶山之前，我们刚刚参加傣历 1374 年的欢庆仪式，那天的夜晚也让我铭感于心。澜沧江，水流低缓，像沉睡的动

我总是迷恋与夜晚有关的事物，比如月色、星宿与焰火，

它们都和昙花一样，只在幽暗中绽开。

物那样有着光滑温顺的皮毛，它带着做梦般的呼吸感。而澜沧江之上，是成千上万的孔明灯，从祈祷的手中，它们明亮地升起，上升，上升，然后在目力难以追随的地方变得渺小，继而破灭，像我们渐渐冷却的一生……但愿我们有熄灭在高处的火焰。还有，就是那晚无限变幻的焰火。金合欢形的焰火，蒲公英形的焰火，伞状花序的焰火，如仙女顶端装饰星星的魔杖，像圣诞树的焰火，瀑布一样的焰火。焰火，醉生梦死的花。绽放到最后，寂静的几秒钟，它甚至像告别者即将进入天堂时瞬间放大的瞳孔。我们永远不知道，夜空中那粒黑种子会开出怎样的花。流星雨般的焰火，因告别而被无限珍惜的璀璨，它的灿烂和热度都将迅速归于黑暗，所以它有和樱花相似的气质。

……仰躺在清凉的草根之上，穿过古茶树剪影的枝叶，这是贺开曼弄老寨的夜空。星星，就像漫无际涯的焰火。就像茶农看茶树是不生长的，因为茶树被更广大的千年所度量；在我眼里，星空的焰火不寂灭，那是因为无垠到无望的时空寄寓其间。

我在千年古树和亿万斯年的星空护佑下睡眠。似乎梦到簪花的采茶女子，她有软诱的腰肢和鱼脊那样光滑的肩线，一笑之后，就隐藏在梦境更深的褶皱里。

清晨，一切因鸟鸣更被彰显得寂静。同伴们都在沉睡，有的或许半梦半醒——梦正在缝纫收尾的花边上。我拉开帐篷的纱帘，像动物一样弓背，小心探身出来。我慢慢散步，月亮只有整齐的半轮，林子里时时响起轻微的仿佛树枝折断的声音。脚下踩着即使春夏也满铺的落叶，我觉得自己像只寂静的山猫，轻捷的肉垫支撑着身体的移动，支撑着腰线上的弧度……像早晨的浪一样走动。其实我知道，万亩茶山，并不像绿色的海洋，每棵树并不像凝固下来的波涛，这里宁静自足到，除了是自己，它不像任何其他的地方。刚才起伏的，不是海涛般的茶山，是我身体里的海浪和微浪般的隐秘爱意。

及至山下只有几户人的村落，我突然听到激烈的犬吠。两只如我臂长的黑白相间的狗横亘在前，显然，我的闯入侵犯了它们捍守的领地。我的心狂跳，想起麦克尤恩的《黑犬》，一个独步的女性遭受两只恶狗攻击的段落。我不敢像狂跳的心那样狂奔，知道自己的速度远逊于它们。于是，故作镇静地直视它们，然后，慢慢后退。两只狗狐疑地望着我，拿不准我的态度，它们呼应彼此零星地吠叫两声，站在原地。我尽量不流露软弱，并在想象中估量它们的攻击和自己可能的反应。我已经在心里呼救，只是由于害羞的原因保持沉默。其中一只公犬眼神黑亮，毛丛间探出来的警惕而严肃的目光，令我须臾不敢放松；多事的母犬更好动，它在小幅度弹跳、徘徊，我看到经过哺育幼仔而松坠的乳房。我松开攥紧的手指，以免让对方误解为拳头。以慢动作后退，脚尖挨着脚跟，不能低头和转身……我认为自己在不动声色地后移了二三十米。狗吠的频率渐渐稀落，从激烈的恐吓变成象征性的提示。我一直面对着两只狗，直到退出一个弓形的弯道，树影阻隔它们的身影，我看不见威胁了。我终于长吁一口气，飞快逃也，脚步混乱地奔跑。道路那端始终是安静的，空寂着，两只狗似乎懒得再去搭理一个失去自尊的人。

我这才定下心来，在委屈中假装散步，慢慢平复自己的情绪。开枝散叶的树冠顶端，传来旋律短促的鸟鸣，对我的注意力是有效分散。鸟在纤弱的树枝上睡觉——我想象一个人在摩天大楼高度那样的平衡木上做梦。围绕树干转了半圈，我没有发现小鸟的斑影，无功而返。走了一会儿，我回望，在沉郁的绿色中，山道被脚步磨得隐隐发亮，延伸着，像动物的一条脊骨……但很快，我感到自己的血液流动慢了，甚至有几秒钟的停顿和凝结。山路尽头，一团颤动着的可疑黑影正在上升，随后是第二团。从耳朵尖，到狭窄的倒三角脸，再到瘦而有力支撑着的几条细腿——经过商议的两只狗尾随而至，它们步伐轻捷，我分不出那种快活出于天真的恶作剧还是叵测的邪念。肾上腺素带来压力，第二波袭来的紧张更甚于初次，因为我感到两只狗已决意协同作战。显然，经过刚才的审时度势，它们已判断输赢，并因无须谨慎而释放活力。我遥望远方或橙或绿的帐篷，心算距离，后悔自己跑出这么远，露营地还在二百米之外，我看不到其他晨练者，他们还在集体主义温暖的保护里安然沉睡。两只狗距我八十米，然后是七十米，六十米，五十米……我看清了公狗脸上像京剧中曹操脸谱那样阴险的白斑。我听到自己的嗓子里变声的叫喊，只有一个单音，无意识的，无意义的，一个不像是自己发出的单音。两只狗被奇怪的叫声迷惑了，它们停顿了一下，才继续恐吓我的游戏。一只沿山道不慌不忙地向我靠拢，另一只跑上我右侧的缓坡。我设想它们的包抄计划，并预感几分钟之后的危险——交错的齿锋将如何陷进我的肘臂。光是这种设想，已经让我屈服。我用最快速度奔跑，并用残存理性强迫自己在奔跑一段之后突然止步，回头，转用恶狠狠的目光迎击两只已经兴奋起来的围捕者。我希望它们因我行动上的出尔反尔而糊涂，并意识到我莫测的潜能。我们持续着心理对峙和行为追剿，直到我认定自己黔驴技穷、走投无路——终于两个旨在保护我们的联防者走出了帐篷。他们没有发现有什么异样，其中一个娃娃脸的男孩向我打着招呼。我口不择言，无法陈述，结巴着说:“狗，狗在追我。”那个男孩只做出一个驱逐的手势，黑狗就兵分两路、落荒而逃。它们身上恶魔的法力瞬间就解除了，我羞愧不已。我觉得自己被城市彻底驯化，对付不了自然的一切，包括两只貌似略带野性的家犬。我身上懦弱者的气息，连陌生的狗都轻易辨识得出来，我清晰记得它们阴谋家一样恶意接近时弓下的腰和小人式狭窄而窃喜的脸。我是如此卑微。

忽然想到，多少年前的古老山野，这座茶山必藏匿更多的真正危险的野兽。我想象其中的某只，透过斑驳的植物叶丛，如何用沉郁而杀机四伏的眼神凝望一个形只影单的人。这个看起来单薄的人，他的手里或有刀矛或执火把，他的心里必怀勇气或畏怯。人们分析认为，“拉祜”是“猎虎民族”的意思，他们曾以游猎为生，黝黑的臂弯背着弓弩。或许通过恐慌，我和多年前孤身穿行茶山的那个人得以相遇？还是说，这种源自内心的恐惧，使我摆脱四十多年来的城市文明，还原于裸裎于自然的脆弱婴孩。疼痛和恐惧，都会带来不言而喻的屈服。我们面对的，是持恒千年的茶园和背后更为古老、更令人类尊重的自然。尤瑟纳尔那句话说得真有力啊——“尊敬”这种纯金，如果不掺杂一定的恐惧成分，可能会太软。

结束宿营，队伍稀稀落落地散步下山，我们再次遇到了那两只狗。人数众多，那两只狗就像从未与我遭遇，它们完全忽略早晨的经历，它们忙着挑选人群中的女性，围绕她们跟从或跳跃。它们的头莽撞地碰上她们的膝盖，尾巴由于兴奋而剧烈摇摆。我还沉浸在刚才的余悸中，于是远远绕行。同行者得知我受到的威胁，追问刚才狗尾的状态是夹紧还是摇晃。我想了想，其中那只母狗肯定是摇尾巴的，我记得那种得意的身姿。同行者解释，那是它在示好和邀宠——他说到这儿，我恰好看到一幕：头颅受到女性队员抚摸的狗，正欣喜雀跃。两只狗都有意避让警卫人员，而淘气和讨巧地追踪女性。难道说，它们早晨不是在恐吓我，而是从我的胆怯里看到获得温柔的可能？

这是我的悲哀，已丧失与自然之间默契的对话系统。我们可以利用高科技轻易找到大洋彼岸的人网聊，却不能辨识家门口的植物，也无法安慰求乞着的小动物，而是被自己的想象一再惊吓。

我几乎没有野外露营的经验，此次贺开的茶山之行，不仅对普洱茶，我也对自身有了更多的发现。我知道，每个人所遭遇的经验都会缓慢地发酵与沉淀……但愿，记忆如茶，岁月浓酽。

沧桑之舟 / 蟒河的猕猴 / 千岛之湖

| 河 |

沧桑之舟

湘湖，听起来地处湖南，其实与西湖仿若姐妹，它就在浙江。

这里曾是海的陈迹。海平面不断上升，然后下降。湘湖故地，从海湾演变为江湾，后成为钱塘江的潟湖，与海洋相连。丰水期，这里潮汐席卷，江河漫溢；枯水期，湖面缩减，葑草丛生。渐渐地，潟湖成为沼泽；慢慢地，人们开始在裸露的土层上栽植作物……不过，收成常遭洪潮之害。北宋杨时来到萧山做知县，听取民意，废田为湖。到了民国时期，湘湖灌溉功能减弱，许多地方淤涨为湿地，随后又有所开垦。近些年，湘湖重新被恢复和修整。只有来到实地，才知道那些形容词不是旅游手册上的浮夸之技。那么宁静、辽阔而细腻的美，在城市中，太奢侈，几近梦境。

放舟行船，在湘湖上。我想到此时经过的湖水，曾经是海，是农田，是道路，是荒地……就体会到，什么叫沧海桑田。

据说此次整修之前，湘湖荒凉而繁茂，野趣横生。常见毛羽璀璨的雉鸡，它动静大，仓促奔行时，声音像是孩子的脚步。现在看不到那么招摇的鸟了，但许多野鸭折叠着幽绿的翅膀，漂浮湖面。我偶然抬头，天空中竟然有鹤，令人难以置信。那只鸟姿影高渺，无法分辨详细，但它有很长的脖子和很长的腿，别的飞鸟无法比拟；把这样比例出奇而异样的鸟，设想为别的，似乎更令人难以置信。我望着高飞的鹤，如神启……直到它消失在远端的云层之后。

为了招徕游客，各地都在利用或制造传说，有时编得离谱。乍听勾践在湘湖这个地方卧薪尝胆，是不会当真的莞尔一笑，虽然吴越相争，两军的确对垒于此，这里是重要前哨。但细想，卧薪尝胆，并非一个瞬间的定格。对耻辱的漫长记忆，对复仇的漫长渴望，持续燃烧在越王的内心，所以这个动作，不会只发生于一时一地……而是发生于多年里的若干夜晚、若干餐食之中。何况此地，兵临城下，咫尺之遥，勾践如何能忘却对自己的盟誓与磨砺？

有意思的是，“馈鱼退敌”的故事。败于吴军的勾践，曾率领几千越甲退至越王城——外陡内缓的坡地，使之易守难攻。吴王夫差，按伍子胥之计，赠勾践以盐鱼勾意思是，只要围困，早晚可以竭泽而渔。越王勾践，按范蠡之计，馈夫差以活鱼；意思是，山中不愁水源和食物，能够长期驻守。中国古人真是风雅，即使是在极端战争中，依然从容闲逸地使用隐喻。

当年捞出两条活鱼的饮马池里，如今游动着用于观赏的彩鱼；当年毛皮膻秽、鼻息咻咻的战马，也变成风雨不侵、姿态僵硬的雕塑马。我没见到那个深不盈尺、宽不围杯的佛眼泉，不知是否依然冬夏不绝地涌流。

这里，距今已有两千五百年，其间流变，起伏辗转。曾经的荒丘野岭，转眼变成夜晚烽火、白天岚烟的演兵场；曾经是吉祥云集、万德庄严的佛寺，转眼变成越王城的遗址。云罗伞盖，转眼就褴衣敝屣；断壁残垣，转眼又雕梁画栋。看人间烟火，看世外桃源……看沧海桑田。

时间推至更远。

在湘湖地区发现的跨湖桥遗址，距今七千至八千年。这段原始人类的文明遗迹，如此神秘——如果把这里当作源头，那么，我们尚未寻找到它的去处。

出土的黑光陶，胎壁薄，可以看出罐体经过慢轮制陶的修整；口沿上，刻有七道精密的凹弦纹。陶器外壁，之所以闪耀某种类似的釉光，经考古发现，是因为工匠把盐以及其他化学物质，作为工业原料使用到制作之中。除此，还发现了中国南方最早的彩陶。我看到红底白彩或白底红彩的残片上，有着太阳图案的纹饰。这些陶器经由七百到八百度的中低温烧制而成，结合了审美与实用。

……制造陶器的匠人，以及匠人们的后代，最终当然都走向地下的黑暗。但在此之前，他们去了哪里？我们习惯梳理历史的脉络，即使时空上并未连缀，有些断裂，我们也习惯了，古人在黑暗里消失之后，会在隧洞另一端的光亮里重新浮现面孔。然而，跨湖桥遗址显现的文明，至此隐匿踪迹，难道它在海浸下的汪洋里？

是啊，那么久远的文明，他们曾如此智慧。他们用生漆涂饰木器，用动植物胶汁粘补器皿。动物驯养和纺织技术业已出现，木作技术更为发达。他们的釜罐里，也曾煮食禾本科的稻属、豆科的豆属、壳斗科的栎属植物；在陶釜的残器里，还找得到状若草药的枝茎。在农业之外，他们从事渔猎和采集作为补充，使用的工具是渔网、弓箭和投石。尤其，他们大量使用骨器——这是具有韧度和锐度，同时又便于获取的材质。

我在跨湖桥遗址博物馆见到一些骨头：梅花鹿的头骨，海豚的颌骨，还有一块，陶色的，像一只浅碗光滑的底部……它属于一个人类的小孩。我想象，这个小孩的父亲，用动物肩胛做成的骨耜翻耕土壤；这个小孩的母亲，用精巧光润的骨针缝制衣物。他们还使用骨笛，用以模仿飞禽走兽：它既是蛊惑猎物的诱捕工具，也是娱乐身心的吹奏乐器。

一只小小的骨笛，曾来自宇宙间目力不可视的小小细胞，演变为动物的血肉，然后是诱杀的凶器，然后是珍贵的文物，它在消散之中，变成一个名字里的传说……这就是它的前世今生，它的沧海桑田。

历史中，有多少潜逝之物？又有多少，当时间的潮水退去，依然露出它的模样和遗址，像露出在沙滩上的贝壳？

时间的潮，退到很远很远的远方。

这条古老的独木舟，搁浅在八千年之后的此岸……是的，在它面前，已无古老。它是目前发现的、世界上最早使用的独木舟；甚至，比河姆渡遗址之物，还要早上一千年。

有龙骨的叫舟，没有龙骨的是筏。但看起来，它已经不像是一条船，更像一块狭长的木板，一棵倒塌下来的巨树那纵切下来的剖面。因为时间已经碾平了它的龙骨，像老人坍塌了支撑的脊柱。

独木舟是普通的马尾松材质，经由火烤，配合石锛挖凿而成；即使中间有所破损，随便填补杂木，修补一下就是了——它依然可以追波逐浪，保护船上的划桨者。现在，它在水下五六米的地方，被保护性的硅胶和玻璃棺围绕，再好奇的游人也必须隔绝在数米之外。

独木舟里有盐分，无论是底板还是侧围，盐分都渗透木板

时间的潮，退到很远很远的远方。

细小的裂痕。因为那数千年前的海水，曾经将它浸泡和拍打；或许搁浅的舟体之下，它还沾着数千年前的泥土。现在的保护措施严密，如呵护一个弥留的垂危者：每天用更换的纯净水，慢慢挤兑其中的盐分，然后才能进行彻底的脱水处理。作为独木舟，它曾纵横湖海；作为文物，它将隔绝于水。

残长五米四的独木舟，它曾经是树，是板材，是船，是废品，是文物……它现在无龙骨、无桨叶，陈旧而平直，像一小块没有被历史消化干净的深色骨头。它像大海遗留的贝壳，在干燥中搁浅，死在永生里。

它不会再尝到海里的一亿粒的盐，不会目睹湖岸一万种的绿。没有什么，能让它再从时间的湖海里浮现……无绳索，无锚链，但独木舟被系住，它将博物馆变成自己的棺木。参观者缤纷，但或许它不再缅怀自己，因为见识过足够的沧海桑田。

蟒河的猕猴

蟒，沉着而繁丽，游走无声……我们借用此字，来形容一条河的蜿蜒与神秘。蟒河位于山西晋城，在暖温带的南缘、亚热带的北界，汇聚了丰富的生物资源。

沿着蟒河，走进山峡浅浅深深的绿意深处，心生清凉。灌丛茂盛，各种各样的叶与花。山茱萸。接骨木。野蓖麻蓬勃，高高低低。刺角芽顶着放射状的花球。低头的近处，荆丛落下细密如雾的紫花，有若铺了一层均匀的梦境。仰望的远方，孔雀般的崖柏，在峭壁上铺开剪影状的尾羽。树木品种多，属于针阔叶混交林。栓皮栎木质柔软，可以用来制作瓶塞或培育菌类。适宜南方气候的红豆杉，也在这里找到适宜环境，生长珍贵的紫杉醇。

蟒河多瀑，名字也有意思，比如漾银流。瀑布里有时藏着彩虹。水，流过彩化石，流过钙化岩，流过岩缝间或茁壮或细小的草木。山上有一段路，脚底和身旁都是页岩，被风侵蚀，被雨水冲刷——页岩是岁月的苍老之书。页岩原本沉积在海底，经过千万年的地壳运动，得以托升和显现——它们，是海枯石烂之证。然而，就在岩层堆叠的皱褶里，竟然密布一张张精致得几乎难以察觉的蛛网。石块与蛛丝，两种材质反差很大——对抗时间，这是最硬的与最软的工具。

蟒河最出名的，是猕猴。资料介绍说，在中国版图上，蟒河是野生猕猴生活的最北线，我对此存疑。因为我亲眼见过北京房山的猕猴，在深冬封闭的上方山景区，人迹萧索，它们自由跳荡在光裸的树枝之间。我专门查了网络，证实北京房山确有野生的猕猴种群。我们难以想象冰天雪地中的求生，何况北方的冬天，漫长得令人绝望。不过，从推理上说，原始人类能够抵达哪里，猴子就能抵达哪里。虽然人类伴随着取火得以延展生存领域，而猴子没有工具辅助，但我觉得猴子无论从外观的皮毛到潜能的技艺，似乎都比人类更具优势。

一进景区大门，我们和数只“哨猴”相遇。乍见猴子，本能反应是既喜且怕。猕猴皮毛丰沛，体量虽比我们渺小，但它们赤躁的脸上有双让人不好判断情绪变化的眼睛，不知是热情还是漠然——那里似乎藏着可随时转变为侵犯的戒备。猴爪上的指甲，锋利得像裁纸刀。这双形同利器的指爪，有着神经质的灵活，可以胜任偷窃和复仇。作为谨慎的游客，我们提前拉紧背包的拉链，不准备喂食，不让抢劫得逞。

走了没多远，到了猕猴的聚集之地。蟒河景区从最初的两群一百多只，繁衍到现在的六群一千多只。中心区的服务点，每天都要投喂三十到五十斤玉米，所以相当于猕猴的公共餐厅。并不急于进食或已酒足饭饱的猴子小睡、嬉戏、相互整理皮毛，高高低低，散布在一侧的岩崖……像幅壁画：一棵结满金色果实的树。

一个健硕的显然是猴王的家伙，抢了女游客的红袋子——那种颜色太抢眼，并且危险摇晃着，迹近蓄意招惹。管理员呵斥，猴王立即放弃了斩获之物，逃之夭夭。从我这个旁观者看来，猴王的作为，谈不上恶意，更像是要在自己的臣民面前展现破戒之勇。

其实猴子不乏教养，放下偏见去接触，就会发现，它们远比你想象的情感细腻。假设喂食的动作从容，猴子从我手中取食的时候也刻意柔缓，能感觉它们精确控制指端的力量以免使我受到不必要的惊扰。这既是礼貌和教养，也是鼓励我再次喂食的策略。只有喂食者紧攥食物，迟迟不肯松拳，猕猴才会急切催促，并在试图帮助打开那些紧张的手指时，在喂食者的掌心留下极度轻微的隐约挠痕——不疼，就像拥抱没有压痛一样。

有趣的是，我有一次双手搁了玉米，猴子取食之后，我右手明明还有，可它们不吃。刚才还急切，怎么突然无动于衷了？我低头观察，剩下一颗泛黑的，另外两颗都属于体积不足一半的残粒。我以为它们没有注意到这不起眼的细节，依然摊开掌心等待着。持续一会儿之后，坐在我面前的几只猕猴失去了耐心。其中一个抱着幼猴的小母亲用琥珀色的眼睛凝视我，然后伸手，轻而准确打落我掌心的余粒。原来，猕猴嫌弃这些发育不全、口味不佳的残粒。相当于我用变质的菜肴招待客人，我从那个小母亲轻微恼怒的目光里，接收到明白无误的信息——它们不吃这样的食物，这甚至侵犯到自尊。我节约却鲁钝的行为几近轻视，于是，猴子中的勇敢女性，及时给予我严格又不算严苛的教育。

猴群内部也不乏教育与自我修正。偶尔看到缺皮短毛的猴子，多是因为破坏规矩受到猴王的体罚。不过，有些僭越者更具魅力。某些公猴挑战王权，后果却是受挫与失败，继而被逐出群体，但它们以独行侠的方式漫游，攀缘跳荡，自由自在。我们途遇一只单独的公猴，真是帅哥啊，皮毛干净而闪耀，泛着金与银的光泽，即使在阴影里也披覆光环。它炫技般从石栏一跃而起，跳上高处的树杈，并摇晃枝条，降下一场短暂的急雨。这个喜欢恶作剧的家伙，在看似漫无目的的游荡中，默默积蓄自己改变未来的反叛力量。

猴子之间，有日常温情，也有政治权谋，它们具有丰富的情感体验。蟒河景区的导游说，一旦亲密的同伴死去，猴子会掩埋尸体，不过只掩埋一半。猴子每天都去缅怀和探望，稍有风吹草动，猴子就把它刨出来，看看同伴是否还活着，直到尸体腐烂的皮毛开始发臭，猴子才接受死亡事实，不再等待它的复活。

人类之所以对猴子既喜且怕，是因为从哈哈镜里看到变形的自己。猴子其实出自天然却被我们视作的模仿，让我们或得意或尴尬。我们的爱与憎、尊与卑、灵巧与笨拙、善意与邪念，都在猿猴那里，找到某种呼应。何妨一笑？至少，我们不孤独。至少，我们拥有智慧与科技的同时，被提醒着，天性与自然永远在不能被忽略的源头。

行至雾气浮升的桃花岛，猕猴没有跟到这里，弥漫整个林间的小雨还在零零落落。也许是雾气太大，不仅猕猴，我们连同游者的背影都看不清了，只剩苍茫的诗意与静寂。突然觉得天荒地老。此时的蟒河，此时的晋城：晋善晋美，晋在不言中。

猕猴隐藏在滴雨的林木里，我们走在雾湿的幻境。人间烟火，烟火人间……俱静俱远。

千岛之湖

隼长时间不摆动翅膀，就像无动力风帆那样任由气流驾驭。它的影子映在餐桌镶嵌的大理石的反光面上。桌面耀黑，夹杂细碎的银粒，有如夜空。仔细看，深湛的黑色里，还吸纳着天空隐约的蓝。我知道几十米之外的湖，是更为巨大的镜面，映照着更为丰富的天际。抬起头，天开一线，堆叠云层中渐渐打开一条微光的路。坐在千岛湖边的酒店吃早饭，秀色可餐，心神摇曳。在淳安，处处推门就是湖，水景房算标配。

千岛湖的早晨比我想象得安静……神的忏悔室里，赎罪者获得原谅的那种安静。尤其沿湖堤散步的时候，一棵树就像下雨那样落下鸟鸣。湖边的皂角、碧桃、合欢、木槿、蜡梅、花石榴，让我的视觉和嗅觉都有新奇发现，最喜欢桂树，花影婆娑，散发那种可以用来酿酒的甜，令人微醺。还有许多叫不出名字的行道树，踩住脚跟一样踩住蜿蜒的路，直到幽谧的深处。据说淳安土壤适合种植橘子，道路两侧的山坡点点金色……像是白天星星在那里睡觉的地方。

不过，早晚大异其趣。广场上，早晨是舞剑和太极，晚上是广场舞、交际舞和水准参差的卡拉OK，热闹喧嚣。夜钓者不受干扰，沿着鱼竿，铺开扇骨式的狭长光带，顶端的鱼漂，散发灯塔一样的光源，引导上钩的路。那些鱼的体量肯定不小，因为我看到钓者垂下的饵，竟有乒乓球那么大。我想象那些肉红色皮膜撑开的嘴与颌，在水下一开一合，不过我看不到涟漪。月色下的湖，玻璃窗般清澈，构成神秘的阻隔。

一千多个岛，一个湖。

世界上岛屿最多的湖。正常水位情况下，千岛湖的面积是杭州西湖的百倍，蓄水量是西湖的千倍。

天空中有无声的翅膀，有俯视众生的眼神。有些以为早已灭绝的野鸟，也来到千岛湖，展示久违的稀世之美。

除了船上的人声，这是不说话的湖。与壁立两侧的那种航行不同，千岛湖岛屿围绕，无论从哪个角度看，袖珍的山影层叠。那些盆景式的岛屿，像毛丛茂密的饮水兽。船行，像在植被和水汽都盛大的梦境里。

由于汛期变化，导致水线高低不同，岛与湖的接壤处裸露出土质和岩层，看得到树的筋骨，看得到被根系攥住的泥砾，有些从指缝中流泻出来。

湖面青阔。涟漪是水的树枝，鱼是枝条上的果实。水下的森林，水下的丰收，就在船底倒置的世界里。

鲸鲤鳞现，龙蛇游动。

水深七十到八十米处，古城沉睡。

本名新安江水库的千岛湖，时为建新安江水电站拦新安江下游而成的人工水库。新安江水电站是新中国成立以来第一座自主建立的大型水力发电站，提供整个华东地区的电力保障。为了修建这座水库，古老的贺城和狮城，以及附近上千个村庄，同时被淹没于1959年的汪洋……

淹在水下。刀具、农具、炊具，农田、果树、河流。淹在水下。泛光的陶瓷、绣花的枕巾、雕花的木头、开花的院落。淹在水下。他们的柴，以及点燃炊烟的火。淹在水下。骨殖、秘密和记忆。

水下死过多少条生命。那一季的花蕾和果实都死了。那一季的雏鸟和幼兽都死了。那一季捍卫家门的老狗和倔强的鹅都死了。那一季热爱自由的野性眼睛都被大水合拢。

水下淹着门楣和城墙，淹着书院、城隍庙、孔庙，淹着祖坟、牌位和家谱。时隔多年，断壁残垣犹在，水下的城门不倒。溺水的古城，死成时间的雕塑。

纪念馆里有一墙老照片，那些具体而生动的脸，那些当年迁徙的人们。只有数天的准备时间，他们就要远离故土。一声令下，完成行军式移民。虽说号召“不带旧家具，多带新思想”，可是谁舍得那些坐惯了的椅子、睡惯了的床？他们在风中走，在大雨中走，最后被迫舍弃那些压红肩膀的财物，只留一双跋涉山水的鞋。从浙江到江苏或江西，山路漫长，到处都是从扁担上卸下来的珍贵家具。就像他们沉在水底的一切。多少视如珍宝的，已弃若敝屣。这些背井离乡的移民，无论行脚落至何处，都将从贫瘠的地方开垦。犁埋下了，种子埋下了，他们的过去在水下一米一米地沉降，他们的未来在地上一毫米一毫米地生长。

…………

大鱼游过，如果你恰巧把耳朵贴俯在船底，就会听到水下古城的呼吸。

长城、圆明园、颐和园，什么都是哭泣之后的骄傲。我们赞美的美，没有哪种，不需要辛酸的牺牲。无论是地上的王，还是天上的神仙，有些创造之美，建立于毁灭之上。轻盈的云影，沉重的古城，都沉入湖底……岛屿是不死的灵魂记忆。

彼时彼地，此情此景。从蓄水到发电，从工业服务站到旅游景区，从远走他乡的迁徙者到流连忘返的观光客……从新安江水库变成千岛湖，用了半个多世纪，它代谢了它的苦难。但是，不应忘记，饥寒时候我们曾焚琴煮鹤……我们用过他们的柴，以及点燃炊烟的火。

我们日常饮用的农夫山泉，其中很大比例，都是灌装自千岛湖的水。它渗透我们的身体，就像记忆渗透灵魂。

天长地久，沧海桑田。

海南，海南 / 界 / 在洞头过七夕 / 海鸥翅膀下的大连 / 庄河观海

| 海 |

海南，海南

1

江河湖海。

四个字，水汽饱满，气象万千。它们是大地的血管和神经，而这动人的景象，几乎在世界的每个角度都得到复制——从一片脉络清晰的树叶，到每个人复杂精密的身体。

我在这四个字后面，都加上了一个同样的字：南。江南、河南、湖南、海南，都通。看，它们不仅可以共享偏旁，还可以共享方向。

我想象那个最初的地域起名者，多么希望把水流存入土壤。版图辽阔，国土无垠，因为下面有着滋养根系的浩大水系。

海南：最南的地方，最美的地方。因为江河湖海，都在它的怀抱里。

2

海。

一个简单的发音，一个纯粹的名词，万般滋味。

海面上的空气，通透得有了玻璃的质感，好得吹弹即破。只有至为单纯，才能养育万物。

我们在沙滩上漫步，低头捡拾。海裹着沙砾，裹着破碎的珊瑚和贝壳。每次潮涌，我们都听到海浪里有什么相互碰撞的声音，像摇动储物罐里的分币……海是多么丰饶的财富，它所遗弃的依然是我们心头的至宝。

海是一个庞大的整体。但它有着那么多的浪，我不知道，海是否像瓷器一样有着无数的裂纹。海南种植著名的橡胶树，高大，笔直，却遍布日复一日、循环无尽的刀伤……我也不知道：浪，是否就是大海的割痕？

当暮色四合，星团将如鱼群汹涌，一如珊瑚像天上的星宿密布而闪耀。

我想起刘恒老师颇具禅意的题赠：“海冷天涯暖，云轻胜水深。”

3

到处是椰子，树冠有如巨羽。

看久了椰树在风中的摇晃你会感觉晕眩，甚至会产生轻微的幻觉……它们和植物界曾经的霸主蕨类一样来自远古，之所以枝叶摇动，是因为翼龙的翅膀即将掠过。

椰衣、椰壳、椰肉和椰液。椰子，甘甜的清澈椰浆和香醇的奶白椰肉，每每让我垂涎。被食客丢弃的椰壳亦用途多多，海南有许多工艺品为椰壳所制，包括酒店的床椅等也以椰壳作装饰物，很有风格和风情。

我见过采椰者穿着好像电工脚上的那种套钩，灵巧地爬上光滑的树干，摘下新鲜的青椰。这么高难的动作，我永远不可能掌握。我猜想自己的办法：驾驶维修路灯的车辆，我被上升的梯阶运送到高处，然后，我一次取下够打满整局的保龄球大小的椰子。

大快朵颐。

4

呀诺达，是中国唯一地处北纬十八度的热带雨林。在峡谷中穿行，溪泉和瀑布声中夹杂着鸟鸣……我们就像走进一张旋律动听的五线谱里。

学习认识植物。

五月茶，原来这就是海南人爱喝的老爸茶。

在台湾叫水竹的，在海南被叫作风车草。

铁西瓜，人不能吃，成熟后会毫无征兆地霰弹式爆炸开来，对栖息在枝条上的飞鸟来说，算得上一部惊悚的灾难片。

桄榔，人也不能吃它的果实，果子狸倒喜欢食用，这是神明专门留给动物的口粮。

鱼尾葵，叶形和上面不规则的蚀刻，逼真地象形着鱼尾，并且结出穗状的分枝花序——奇怪的是，花序渐进的几个阶段看起来迥异：有的像把拂尘，有的密生佛焰苞，有的结满老算盘的珠粒……难以想象它们属同种植物，并且同时生长在一株鱼尾葵上。像昆虫，今天的自己不认识昨天的自己，也不知道明天的自己将酝酿怎样的奇迹。

鹧鸪麻的叶子是不是特别好吃？还是说，它特别柔弱、特别缺乏抵抗力？因为我见到的鹧鸪麻，树叶都被密集地啮蚀，有些只靠叶脉相连，所以逆光中每张都像工艺剪纸那么精湛……光线就那样细细地筛漏，树叶就那样接受金色的刺绣。

箭毒木。不过，我更习惯它在武侠小说中的用名：见血封喉，世上最毒的树。用它的毒汁涂在箭头射猎野兽，据说，受伤的动物上坡跑七步、下坡跑八步、平路跑九步就必死无疑，当地人称“七上八下九不活”。恶名远播，听起来令人生畏，树的样子却平淡无奇，就像老老实实的用作庭院或园林观赏的树木一样——除了，灰色树皮上有些并不显眼的泡沫状凸起。我注意到树干上，有许多象形的眼睛。

怎样的勇敢者最早取材箭毒木？见血封喉的树皮经过处理，可制褥毯和衣服。猎人穿上这种特制的裤子进入丛林，驱蛇驱蚊，连野兽都不敢一试齿锋。

毒物，以安静而智慧的方式，杀伐无赦。神造物的用意何在？鲁钝如我，猜不出谜底。不过我想，至少，让人在惊恐里保持敬意。命运有时并不发出警告，所以我们无法持续挥霍自己的骄傲。

5

沉香，被誉为“植物里的钻石”。

动物里的牛黄和龙涎香，植物里的琥珀和沉香……这些奇迹般的宝物，无不因受伤或患病所致。

雷劈。火烧。刀割。虫咬。要面对多少灾难，才能凝结出珍贵的沉香；一个人要克服多少伤痛，才能让自己的品德释放出若隐若现的芬芳？

我对沉香不了解，谈什么，都是附庸风雅，近于牛嚼牡丹。还是别让自己浊重的气息，影响到那高雅的香品吧。倒是可以说些与沉香若即若离的题外话。

一是我在售卖沉香的店铺里，见过一个少年。瘦，却毫不羸弱，只见星眸皓齿，难得见到瘦得那么山清水秀的人。仙风道骨，多是形容中老年人的风范，可那少年，仿佛已经开始时光里的酝酿。我不知道，是不是沉稳的香气日复一日的熏陶，才让少年心定神闲、梦稳心安，一如星空下独行的僧侣？

二是有幸进入一位收藏家的私宅，品茗品香。茶为普洱，而那若有若无的轻盈又具体的香气，正是来自沉香。为我们斟茶燃香的姑娘，并不多言，偶尔开口，声音柔婉。她的颧骨位置，有些可爱的小雀斑，就像有只蝴蝶停落在她的鼻翼，铺开翅膀上点状的印痕。我也不知道，她怎样度过她的少女时光。是否曾经受挫？受挫，又是否让她的性格里增加了与众不同的魅力？

假设把视野放得宏阔一些，我们会发现，在中国文化的历史背景中，海南，长久地，被作为流放之地。也许正因此，海南才得以保持它的纯粹与独特。想想，历朝历代，那么多被贬的文人，那么多易感而受伤的灵魂……就是这些意外和不幸，让海南，在中国的版图上，得以成为一个沉香般的省份。

6

她的脸，让人看到往昔和即将逝去的一切。

藤针，在她脸上刺绣永不褪去的青色图案。疼痛，受伤，然后从中生长独特而神秘的花纹。作为一名黎族女性，她十几岁开始文面……那是很久以前。是的，她曾拥有一张能够征服整个世界的脸，有如星宿般围绕她精美的五官运行。

我见到她的时候，她已有七十多岁了，但头上的乌发依旧别得住一支粗骨簪。她居住在黎族村寨特有的船形屋里，在一生的风浪中，她见过太多的生、太多的死，她脸上褐色的皱纹远比青色的花纹要多和深——她自己的故事，就这么被时间深处看不见芒刺的藤针文刻。唯一不变，是她手中古老的织机……明艳绚丽的黎锦，如云出岫。

作为中国最早的棉纺织品，黎锦的历史已超过三千年。虽然黎族有丰富多彩的口头民间文学，但他们没有文字。想说的，都织在黎锦里；或者说，这些鲜艳的人形纹、动物纹、植物纹和几何纹，就是黎族写在织物上，并且镶嵌云母、贝壳和银片……有色有声的文字。鸟与兽。雷与电。萌芽与繁茂。狩猎与丰收。欢愉与吉祥。灵感与诗意。荣誉与恩情。自然与神明。这世上微小与伟大的一切，无不在一经一纬的编织中，得到具体而温暖的呈现。

我凝望着这位沉湎于劳作的黎族奶奶。她的脸阡陌纵横、沧桑历尽，她枯瘦的手上，血管凸起就像榕树的气根，然而，她编织的黎锦，灿若云霞。因为织就在黑色的底布上，图案就显得越发鲜艳。三千年啊，一毫一厘地编，一寸一尺地纺……慢慢地，织机下的黑布就像岁月中的夜晚那么浩大；而如此美锦，就像绽放于夜空的华丽焰火。

海南的黎族女性服饰美丽，尤其是织在黑布上的黎锦。就像把日常的礼花披覆在身，她们，永远拥有内心的节日。

界

海南真是舒服，尤其对于深受雾霾之苦的北方人来说，像鱼从泥浆里跃入溪流，每寸皮肤都是干净的，每片鳞都在闪耀。冰川雪崖般的云，浪涌般的云，天堂般浩荡的云，清透发蓝的光隐藏在浩荡的云层之后……我仰望，呼吸，心驰神往。云海之南，是我最爱——每年都想去云南和海南，冬天到来，我就候鸟般伸开穿越季节的翼展。这次，飞到陵水。

到处是花，像时钟一样旋转开放，或像微启的唇一样地开。陌生的花，只如初见。我为此专门下载识别软件，只为惊艳之下，能够叫出它们的芳名。羊蹄甲，凤凰木，蜘蛛兰，黄蝉，琴叶珊瑚，马缨丹，翠雀，龙船花，鸡冠刺桐……这么多动物的名字出现在植物的命名里，多了一份雌雄同体的神秘妖娆。火焰木，大朵的、沉赘的花，开得盛大汹涌。三角梅潮汐一样，涌如层澜，玫紫色的部分其实是新叶，只是艳异如花。陵水到处都是花，耀目又平凡，满树满枝，铺云排海那么开。花开得都不珍惜了，平淡无奇得像没有开过花那么地开放，开得任性又无动于衷。树亦是如此。六点多我去海边散步，早晨藏了一千只鸟的树，鸣叫缤纷，放了烟花般炸溅开；过一会儿再倾听，树安静得像睡着了，连叶子都不翻身。它可以像魔法树一样藏满礼物，也可以像魔法树一样空无一物……为所欲为，漫不经心。

这就是自由之味吧？天真烂漫，保持着本性。陵水有著名的南湾猴岛，猕猴自在漫游，它们是这里的主人，被专程来访的游客喜爱。它们讨要花生和水果，有时劫掠甜味的饮料，显得淘气可爱，都在近乎得体的分寸之内。也有个别顽劣的猴子，早被关了禁闭，尝尽小小的服刑滋味。南湾岛上的猕猴，长得干净，毛丝闪烁着麦芒般的光亮。仔细看猴子的脸，似粗糙却精致，看不出是温柔还是暴戾，因为它们的脸上暗藏丰富的可能性。不需要语言或手势的辅助，从它们深眶中凹陷下去的眼睛，你可以读到柔弱无助，也可以读到凶霸邪恶，以及无聊失神。脸上毛发像被强力黏剂整张撕扯下去，留下赤粉的皮肉清晰的五官……碑刻上复制的拓片，猴子的脸，像从人类的脸上拓印下来，带着后者的神与魂，也有微妙难言的流失。

一只毛皮棕黑的小猴，身体仅及成人手掌；如果它蜷缩一团，比拳头也大不了多少。它用纤长而精巧的指爪，紧紧抓牢枝杈间果实一样悬挂并摇晃的母亲，它并未因恐惧而闭上透薄的眼皮。猴子体温比人类高，约为三十八摄氏度，也许小猴在母亲暖意的怀抱里是无惧无畏的。母猴寿命为二十五年左右，一辈子大约生八到十二个宝宝。有时幼猴死了，不理解生死概念的母猴不忍释怀，依旧抱着不断枯萎中的宝宝，哪怕它软耷扁瘪、青黑腐烂、内脏融解，散发着沤腐的臭气。这个低烧的偏执的小母亲，不放弃自己的婴孩——它紧抱着，就像自己身体的一部分已经溃烂。

喜欢或不喜欢猴子，原因也许是同一个：它和人类相似。样貌、行为以及社会管理。猴子的暴躁与耐心、聪慧与愚蠢、磊落与猥琐……让我们看到镜子那面的自己，并体会出自身的优越或尴尬。

我本来不喜欢猴子，但南湾岛的猕猴体态玲珑，也识礼数，算是让我颇有好感。我原本的不喜欢，除了因为猴子像是山寨版的人类，还因为它们喧闹。我更喜欢哑言的动物，比如沉默的海洋动物，无论是性爱狂欢还是在惊恐逃遁，它们都比水流和波涛的声音安静，像果实悬在树上那么安静，像星宿挂在夜空那么安静。如果你和我一样，那可以去陵水的分界洲岛，看看鲸鲨。温情的海洋巨人，它的身体耀动光斑……星宿运行，仿佛夜空的图案拓印在上面。鲸鲨其实是最大的鱼，这个命名还是准确的，因为它的样子看起来既像鲸，也像鲨；不像俗称中的黄鼠狼，既非鼠也非狼。鲸鲨优雅，如此体量，游动起来远低于一个浪头造成的分贝。

分界洲岛有座海洋馆。那里有海狮，石油色的皮毛，光滑而凝重，仿佛经过修剪的鬃毛，从头顶漫延到鳍肢上端，形成有趣的梯田造型，阳光下像打了啫喱，滴水的毛梢呈针状，每一根都有耀目的刺芒。有海龟，包括玳瑁。玳瑁有着褐黄相间的覆瓦状角质花纹，据说它能消化玻璃，听来更像个迷人的谣言；玳瑁本身，倒像是一件摔裂的沉重的玻璃器皿。我喜欢玳瑁游动起来的样子，短小前肢竟拥有神似信天翁翼展的弧度。那里还有珊瑚，有标本，有活体。繁枝轴孔珊瑚，杈枝轴孔珊瑚，片棘孔珊瑚，牡丹梳珊瑚，巨枝鹿角珊瑚，美丽轴孔珊瑚……这就是小人鱼的海底花园，婆娑摇曳。可珊瑚是动物，不是植物，如同鲸鲨像鲸是鱼却不是鲸鱼一样令人迷惑。

由于海水清澈，分界洲岛也是潜水者乐园。看繁枝的珊瑚，看海底的花季。如果畏惧置身其中，可以乘坐观光潜艇。有人在开始时会有轻微的晕眩，但很快会被好奇和惊讶代替。海底世界有时不像纪录片中色彩那么鲜艳夺目，并非璀璨，有时甚至灰暗，但依然有奇迹，像从单调的万花筒旋转出奇迹的图案。

我想象的海底，除了锦绣，还有深渊……那里同样是遗迹和废墟，有百万只寂静的沉船。分界洲岛专门有间海捞瓷的展馆。罐。瓮。盘。碗。瓶。壶。一种海捞瓷的光亮已被摧毁，永远无法清洗，它们被动物撞击，被沙石划擦，被藤壶附着，被水草纠结，终于失去明亮的釉彩。胭脂盒再也不能打扮粉雕玉琢的面庞，酒壶再也不能慰藉一醉方休的胸膛。另外一种海捞瓷经过简单处理后，却光亮如新，被温柔的洋流涤洗，在沉船封闭的舱室，在深海无告的寂静中，缠枝花的纹饰竟然毫无损伤。作为珍藏品和作为牺牲品的海捞瓷，就这样，命运被分界。

分界洲岛之有名，在于它的“界”。亿万年前，大陆板块的挤压，使整个牛岭成为五指山的余脉。分界洲岛本属于牛岭，后来冰川期海水浸入，淹过了较低的部分，切断了与牛岭的联系，从而形成现在的分界洲岛。牛岭为界，南北气候相异。据说在分界洲岛上观察牛岭，常能看到“牛头下雨，牛尾晴”的奇观——当岭北雨水淋漓，而岭南正阳光灿烂，闪耀如黎家女子的银饰。据说在冬季，经过岛上的界域之线，会体感到明显温差。

资料上还说，位于陵水与万宁交界的分界洲岛，“界”的意义多重。从人文上讲，北面以汉族聚居为主，南面主要为黎族；从地理上讲，北面以平原地型为多，南面以山地为多；从气候上讲，北面是海洋性气候，南面为季风性气候。

分界洲岛的“界”，也与心灵有关。这里适合发呆——在烦碌的生活中，几乎成为一种奢侈的享受。所以，界那边是滚滚红尘，是“天下熙熙皆为利来，天下攘攘皆为利往”；界这边，是精骛八极、心游万仞，是美好的出神，是挣脱现实经纬的捆绑，进入失重般的自由漂流。

可以在山顶喝一枚椰子，或者一杯海南本土的咖啡，看风起云涌，浩荡来去。何谓界？海天难分，天地间我们渺小如沙鸥。从雾霾的北京到清澈的海南，已是天壤之别的界限；在陵水的分界洲岛，我领略诸多界别：人与猴，鲸与鲨，珊瑚与动物。其实人生在世，我们一直在学习界的意义，并做出个人的理解。悲与喜。梦境与现实。戒定慧与贪嗔痴。这也是在分界洲岛出神之后的一种启迪吧，我们终生在反义词之间，在价值的两极里，衡量与选择。甚至生死界别，不过一次迁徙，幸运与灾难，都是旅程中遇到的考验。界与界之间，什么时候是非此即彼，什么时候是你即是我？何时彻底隔绝，何时系紧的绳扣会突然抽脱？哪里是我们的自由，哪里又是我们的限定？什么样的界是必须执守的，又有什么样的界应勇于跨越？

界，既是分界，也是眼界和世界。我仰望上空的晴蓝，一只绚艳的拖伞飘飘荡荡，如水母浮游中诗意的海流。那个御风而行者，正遨游天海之际；我想，等他的脚重新走回大地，他的心，必盛纳宽广。

在洞头过七夕

离温州市中心一个小时车程，就到了海岛洞头。五楼阳台，前面是高约二十米、绿意参差的缓坡，将视线里的海分成两个部分：左侧的扇形区域，和中间疏疏落落排布小岛的碗状平面。距离的关系，那些岛小得像礁岩，那里的海看似寂静；不像眼前，海把混合着泥沙和贝壳的浪，拍碎在因沧桑而嶙峋的礁岩上。波涛和潮汐，海不倦重复，并使这种单调成为令众生屈服的节奏。

陆地如船，带着显著的树皮色和木纹的纵裂，而生活在此的人类，从未离开置身襁褓般的摇晃，以及那种轻微的晕眩……所以面对海，人们迷恋且迷惑，如孩童，如轻微的中毒者。人们难有兴致观望不变之物，但在海的耐心面前，他们屈服。海边的观潮者数小时不动不语，仿佛被伟大的魔术师催眠。天荒地老，海永不衰减力量，蓝心脏迸发着强劲的脉动。

三面环山，一面临海，这样的地貌被称为“岙”——让我联想一只吐纳的贝，如何打开坚硬的外壳，让海水和光线同时从开口处涌入。洞头，到处都是岙，在这样的地方观海，只是一粒沙的自己，错觉正在贝母的包裹中变成珠粒。

我喜欢海，无论是它庄严的沉静，还是它用狂暴的拳头打在礁石宣泄怒意。说喜欢已是轻慢，更像是迷恋与敬畏交混的感情：它漫不经心又肆无忌惮的美，它的温柔慷慨与残酷无情。恩威并施，却不像君王——海不需要我们的朝觐，也不在意我们的背叛。

来洞头的第二天早晨，四五点钟，我迷迷糊糊推开阳台门，立即清醒。白天我已见识过洞头的云，排布浩大，用笔挥霍，如在天空筑起巍峨的城，而此时天色未明的景象更令我震撼。

临近海面的云是烟黑色的，如绵亘城池，环绕成带状。之上，是飘动在这里或那里数抹绛红的经幡。最后，天海之间，赫然立着几尊巨神！我从未同时见到如此接近人形的逼真云影，场面恢宏，气势孔武，有体积感的饱满肌肉，令我想起佛教的四大天王雕像。这些金刚怒目、降魔伏怪的护法天神，占据了我目力所及的整个天幕，令我满怀赞叹，又噤无一语。我看不到他们所持的琵琶、宝剑、龙蛇与伞盖，但依然深信他们无边的法力。

再仔细看，我突然发现，不是四尊金刚，是五尊。那个隐匿面孔和身份的天神是谁呢？他踏浪而来，又擎天而往。他沉默，并正在抹除自身的轮廓以及与此有关的奇迹。

与海有关的地方，我愿欣然前往。除了精神的淘洗，我也垂涎大海赐予的美味。洞头拥有浙江第二大渔场，海产丰富，慕名前来者众。

我曾在洞头跟随渔民网捕，嗅着船上柴油、铁锈和鱼腥的混合气味。即使颠簸中的海面有了上升的坡度，即使动荡摇移的海平线以及浪峰上破碎的耀斑令我不适，但看到绞轮上的缆绳渐渐收紧，渔网有了沉甸甸的收获，还是欣喜莫名。

倾倒在甲板上的渔获，有螃蟹、虾和鳗，最多的是龙头鱼。

这种鱼全身晶莹，呈现矿物质般的通透感，几乎半透明；头却似龙，密布嚣张而尖利的齿锋。北方叫“九肚鱼”，其实它的学名优美，叫作“水潺”。这也近乎口感上的形容，肉质细腻嫩滑，在北京通常的做法是椒盐，洞头的水潺，鲜得直接从海里跳到锅里，清蒸、煮汤或者红烧都可，它在匙羹里颤动……没尝过那么无限接近液体的鱼肉。脂油丰富的水潺，晒干后直接插在灯台上，稳定的光苗就坐落在这根鱼蜡烛上。

在洞头，第一次吃到皮蛋似的海木耳，同行者纷纷误猜为人工制品。第一次见到那么象形的贝壳：龟足。侧扁的头部是由数个钙板组成的壳室，呈苔绿色；褐色柄部柔软，覆以细小的石灰质鳞片——太像乌龟慢吞吞的爪子了。这种贝固步于岩缝之间，也许从它的见识角度，乌龟拥有世间最自由且迅捷的行走，所以作为贝壳，龟足才长成此般样貌，它向自己所不能的生活表达克制却难以熄灭的渴慕。

来洞头，因为听说这里的七夕节有名。

很多的中国节日，中秋、端午、清明等，颇具东方韵味与浪漫色彩；七夕，最具童话感。“天阶夜色凉如水，坐看牵牛织女星。”那个故事里有失意的孤儿、越界的仙女、会说话的牛和用翅膀搭桥的喜鹊，有冷暖的人情、理性或非理性的天条以及星宿般在黑暗中闪烁的永恒或无常。

昆虫不会寻找方圆以外不可触及的配偶，对比之下，人类的情感多么复杂，仅凭特殊的好感或无望的想念就可以彼此守贞。每每七夕，仰望天际中那条浩渺的光带，我总是难以消除内心的种种疑惑。牛郎和织女的家境、见识和成长背景迥异，他们为什么能一见钟情之后忍受永无止境的折磨，是什么让他们的爱意一如生命本身的存在？难道他们善良到，即使对亲人也不存任何要求，哪怕是交流的心理需要？难道，所谓天壤之别不过是虚妄之想，牛郎和织女分别在人间与仙界承受同样的劳役，两个被动的灵魂在彼此那里才能找到自由？怎样饱和的爱情，让他们能够在孤况中坚守诺言？为什么相隔遥远，他们依然享有恒温的怀念？还是在时间的耗损中、在缓降的热度里，他们等待重逢的拯救——激情瞬间激活，并成为回忆新的燃烧能量，继续在分隔之后散发着悲伤的余温。天涯，也许是光年意义的无法抵达，也许并非地理意义的遥远，只在我看不见你的地方。

还有，牛郎和织女的一双儿女为什么永远长不大？甚至不曾自己行走，被一边一个挑在扁担两侧，孤单的父亲就这样去看望孤单的母亲。即使天上一日、地上一年，人间那些蹦蹦跳跳、指指点点、扎抓髻的孩童早已作古千百年，牛郎和织女的孩子依然在两侧的木桶里享受摇篮般的节奏。牛郎勤劳，织女惠巧，他们的孩子能否承继良好的基因？因为不成长、无作为，两个孩子甚至没有留下名字，他们的体重，压在父亲因负担而疲惫的肩头。

到了洞头，我才明白自己的无知与误读。此地七夕，含义更丰富，远比情人节色彩更强烈的，是孩子们的成人礼。

以海为生的人们，会把最好的木料用于甲板下面的底舱和侧板，用以抵击风浪——因为，男丁都在船上，他们是一家老小的脊椎。留在陆地上的老人、妇女和孩子，无数次张望，等海面上一系孤舟遥远地归来，等结满盐霜的锚重新沉入岸边的沙床。自古以来这就是有代价的生活，为了把生活在海里的弄回陆地，有些生活在陆地的人永远留在了海里。尽管如此，渔民总是跟随早晨的光线一起出发，深入大海神秘莫测的腹地。

习惯已使他们免于惊恐，无惧风雷；并且，他们深怀希望，因为岸上，他们眼神清亮的孩子正在等待中渐渐长大。

洞头的七夕传统由来已久：孩子到了十六岁，要办成人仪式。父母带着孩子，酬谢在七星娘娘的护佑下，孩子得以度过幼年、童年和少年时期，长大成人。这些孩子没有躺在母亲的摇篮中，不是父亲肩膀上增加的重量——他们感恩，并在船舷刻下时间的划痕。逝如流水，无法挽留青春韶华，但他们不因掉下去的剑，就不再划动手里的桨。成人礼，是对未来的庄重承诺。从儿童到成人，最重要的转变，是开始对别人负责，也是对更好的自己负责。

我倒因此解开同样与七夕有关的另外迷惑。七夕又叫乞巧节，夜色中的女性在庭院里向织女星祈祷，希望获得智巧与称心如意的婚姻。俗传七月七日是魁星的生日，因为魁星主掌考运，想求取功名的读书人也在七夕这天祭拜，希望运道亨通。

有意思的是，织女的婚姻算不得美满，且不说陈腐的门户之见，就是两情久长却不能朝朝暮暮，已是一种慢性的煎熬，而她又无法织网织出相逢的桥。关于魁星，也有一种不幸的说法，他虽满腹学问，可惜每考必败，最后悲愤投河，被鳌鱼救起才得以升天。如此看来，两个七夕的神仙，都是生活中的失意者。为什么人们要向他们祈求呢？祈求的是他们自己都向往却未曾获取的幸福与喜悦？

人，习于计较，易于妒恨；神仙慷慨，他们深知疾苦，宁愿那些苦难唯有自己承担和消化，不再成为对他人的惩罚……足够了，剩下的，只是悲悯和怜惜。好心肠、笨心眼的神仙，给予人们的不是琐屑之物，是他们渴慕一生却未曾享有的至宝。

七夕七夕，只有失意者具有赠予的能力。七夕七夕，听一听成人礼的誓言，只有弱小的孩子，才有支撑未来的强大。在这种秘密而令人震动的倾斜中才有奇迹……如七星闪耀，如银河流溢。

海鸥翅膀下的大连

记得上大学的时候，我去威海的同学家玩儿，漫步沙滩，挖海蛤，吃鲅鱼馅饺子，晚上沿着梯子上到平台状的屋顶——星斗密集得就像节日的烟花，浩大夜空下，依稀能看见停泊在港口的轮船那些巨大的剪影。这大概是许多人共同的美梦：拥有一座海边的房子。后来我陆续去过一些海滨，从著名的旅游城市到安静的渔港，拥有海岸的地方总是难免让人心动。大连亦如此，背靠山，面朝海，是理想的栖居之地。

20 世纪 90 年代第一次来大连，印象最深的是大连贝壳博物馆。那时还是老馆，不像后来已改建成星海城堡的辉煌规模，不过大部分展品还是来自贝壳收藏家张毅先生。正是那次参观，培养了我对贝壳的初始兴趣。贝类是相当羞怯的动物，性情上喜欢隐蔽自己，它们铺张开来的肉身，能像魔术师把手绢塞进攥紧的拳头那样，通过狭小的缝隙收纳硬壳之内；而且它们身上体现了奇异而极端的矛盾元素，它把最柔软的和最坚硬的、把肉的蛋白质和壳的碳酸钙结合起来，可谓刚柔并济。贝壳的一生都完美地平均分配这两种对立的化学。那时的博物馆面积并不大，但在射灯光线下，轮螺、蛙螺、骨螺、芋螺、法螺、宝螺、涡螺，还有鸟蛤、豆蛤、猩猩蛤，等等，每一枚都那么精湛。变化着的万千贝壳，集中在不算巨大的展示区域里，我震撼于那种奢侈而安静的美。当然，提供收藏品的张毅先生曾任大连海洋渔业集团公司的董事长，一生与海洋关系密切，既有工作上的便利，又有长达三十年的耐心，才能汇聚这些令人眩目的美丽财富。但大连本身，就是贝产丰富的地区。我自己就曾在大连下辖的庄河那个号称“世界蚬库”的蛤蜊岛，惊喜地捡拾到一枚美物——这枚色泽和织纹奇异的螺壳一直摆放在我的书桌前。我记得蛤蜊岛的沙线很是奇异，当大潮涌来，我不能像在其他海滩那样高高跃起，或者轻易地逐浪奔行，因为脚下海与岸的衔接地带，堆积着宽达数米的贝壳层。

后来几次来大连，有时在星海广场看那些铜铸的脚印，有时沿诗意的滨海道漫步，空气中弥漫着海洋的迷人气息。大连的老建筑多，风格沉稳，充满交响乐凝重而雄浑的音乐感，犹如章节之间的起伏与呼应——低沉有力的语调，是大器量者才具备的沉着。无论是屋檐深阔的老房子，还是咣当作响的有轨电车，都暗藏着解读大连历史的符码。黄昏夕照里，大连的老建筑群就像时间酿造的琥珀。

所有的美里，或许都怀有隐痛。大连，这里有过中国人的耻辱和梦想，这里有过百年兴衰与辗转起伏的殖民史、移民史、创业史。中学的历史课本中讲到日俄战争，那时我年纪甚轻，学习知识对我来说只是个从书籍到头脑的物理搬移过程，其间缺乏情感的化学反馈。及至成年，才后知后觉地反刍其中的耻辱。日俄两国开战，却如此违背常规，战争不是在边界或者任何一方的境内展开，而是在第三方的领土上。大连就这样，命运有如失怙的孤儿，被两个侵犯野心强烈的外人争抢。直到1951年1月1日，当时的苏联政府终于将大连港移交中华人民共和国政府。

大连有个独特而颇具历史感的词语，叫“老码头”，它既是指地点，也指那些一辈子劳碌在码头的人。如今的大连，高大有力的金属吊臂林立，巨型积木般的货箱一望无际，但是，每当联想起历史沧桑，我相信那些开埠之初的装卸工具，只是由许多不具名的默默流汗的血肉之躯组成。悠远的年代里，那些以港为生的“老码头”，他们由于负重而弯曲的脊柱却有着怎样不屈服的硬度，是他们驮起了大连历史的百年沧桑……的确，大连本身，也是一座历经风霜的老码头啊，它的背上负载着百年历史和亿万吨的货物重量。

作为东亚天然良港的大连，像天海之间一块坚固的巨礁，不仅对抗风浪，并且在波涛的撞击下顽强地延续生长。今天的大连港已与一百六十个国家和地区的三百多个港口通航，这些航线就像伟大的缆绳，把大连与遥远之地牢固连接。百年历史积淀下的大连，始终酝酿着关于未来的奇迹。

大连享有盛名的十五库，就是将老建筑与新兴产业相结合，把这座八十年历史的老仓库打造成了时尚创意区。坐在二楼状如甲板的阳台，坐在遮阳伞下的清凉里，桌旁是悦人的盆栽，头顶是铁艺风格的提灯，听轮船侧板外的海涛隐隐；或者在名为百年记忆的餐厅里，欣赏那些珍贵而古老的照片，上面有欧式风格的建筑和辐射状的街区……旧的时光，新的风情，就在这海风荡漾的午后，一一涌上心头。

为了更好地感受大连，我向当地港务局提出申请，渴望能够体验一次为期数周的驻岛生活。我知道在大连的管理海域，有默默工作的守岛人。他们有的与危险为伍，比如蛇岛，那里到处是可怕的蝮环和毒牙；有的观测气象，天空和海一样辽阔，一朵中等规模的积云已相当于四十头大象的重量；有的守护着灯塔，以黑暗中唯一而可靠的光源为远行的船只指航。有的岛屿每周能享受到一次食物供给，剩下的时间，那里只有决然的孤独。那些读海的孤独者，一定对世界有着更深入的理解、更敏感的发现。马克·吐温曾这样描述过："水面独有一种浅浅的涟漪，吸引了读不懂它的乘客（他们难得不会忽略），但对领航员而言，却是一段斜体打印的文章。不仅如此，它其实更是一幅由大写字母凑成的图例，末尾跟着一串喧哗的感叹号。因为这意味着它下面埋有船骸或礁石，会给最结实的船只带来灭顶之灾。"我跃跃欲试，想了解与世隔绝的状态中会产生怎样的心理以及增长怎样的知识。但我的向往被有经验的长者批评，说我所想，不过是小布尔乔亚气质的写作者所预估的心理景况，假设真正生活在那里，我所面临的恐惧远超估量……深渊里的黑，海在夜晚那种超越巨兽的威胁，足以把人逼迫到疯狂。尽管遭受否定，我依然心怀不甘，同时也对自己有暗暗的省察。

我正质疑自己在实践上的怯懦，忽然，看到几只海鸥，沿着港口滑翔……海鸥喜欢食物丰富的海域，它有沿港口出入飞行的习性，每当迷航或者迷雾，水手可以观察海鸥的飞行方向作为寻找港口的依据。作为姿态优美的飞行专家，每年千万里的迁徙距离对海鸥来说是享受而不是考验——它的羽轴和骨头都是空心的，前凸的胸骨发达有力，剪形对称的尾翼像无声滑动的桨板，海鸥被风托举，自由自在地飞在自己的海面倒影上。

一个世纪的沧桑，我想象那些潮汐般到来又离去的海鸥，它们谙练怎样的旧事，又见证怎样的变迁？百年前的海鸥也曾随着海风抵达大连，那时的村落、那时的木船，它们是否记得渔民黝黑的脸，记得他们常年在船板上赤脚、因用力而分隔开来的脚趾？渔网散发着强劲的腥气，挂着盐霜、藻草和纠缠在纤绳里的小虾蟹——渔网就是他们的犁、他们的碗。而百年后，

那些潮汐般到来又离去的海鸥，它们谙练怎样的旧事，又见证怎样的变迁？

年轻的海鸥同样飞越洋面，在浩荡海风的吹送下抵达大连港，狭长眼线下它们墨晶般的眼睛俯视着翅膀之下的经纬……一切，已迥异于祖先描述的往昔。在海鸥的世界里，天上的云依然翻卷，有时汹涌如鲸群，有时细碎如月色下漾动且闪光的磷虾，而大地上的图景呢？变化得如此之快，每年到来的海鸥甚至来不及把航行经验传输给下一代，就会迷惑于陌生的发现，仿佛，这里不再是去年的驻留地，熟悉的只是灯塔、缆绳、汽笛和船锚，只是大连港口的海风里那微妙的盐度。

光阴流转，一代代海鸥往返，但搏击风浪从来都是海鸥的天性。如果仔细观察大连的地图，你会发现，在那无垠的海面，大连状若海鸥一直延伸出去、迎接浪涛的翅膀。

庄河观海

我对海怀有难以名状的激情。除却悬在钟摆上的时间，也许大海，是剩下的唯一在重复中让人永不厌倦的事物。那则优美与凄伤的安徒生童话：哑言的小人鱼，她的故乡，就在那么长的锚链都无法触及的深海之国。多年前播映过的美国电视连续剧《大西洋底来的人》，我一直记得麦克·哈里斯那双湿蓝的眼睛，以及他与海洋学家伊丽莎白之间难以言明的依恋——那是工业时代另一性别版本的人鱼故事吧，只不过，他们互为拯救。我喜欢的两个角色，都具有高度克制的深情和自我牺牲倾向，我想，只有大海，才能给予他们那种爱的天赋。

位于辽东半岛的庄河，对我来说，是个分外陌生的地名。

但那里有海，有很高的绿化率，在闷热的暑夏，听起来，就像有清凉之风吹拂。短短数天的旅行，我领略了冰峪沟奇峰、步云山温泉，还有童话仙境般的天一农场，当然，迷醉我心的，还是长达二百八十五公里的海岸线。

无论是在神秘的海王九岛，还是人迹寥寥的黑岛，我看到的是那么优美的大海，那么沉静的大海，那么孤旷的大海，那么狂寂的大海……我看到它永不驯服的野力。雨中的大海，如同裁缝乱针下积涌的蓝布。阳光下的大海，灿烂辉煌——光线进入水之后会发生折返，这是大海之力，甚至能使来自太阳的神谕屈服。当快艇环绕，导游向游客热情推介着海王九岛上象形的巨礁：像马，像龟，像情侣，像贝多芬。人类尽可以在这些地老天荒的石头前轻慢地描述他们的想象，而它们，听任岁月的风蚀雨剥。潮汐中，有多少天地间的遗忘与宽恕、放逐与收容、狂怒与宿命中的从容。

云水襟怀的大海啊，吐纳，承受，创造……这是养育众生的大海。在无人的礁岩上，退潮后残留的水洼保护着暂时滞留的鱼苗，以及和它们一样害羞的紫红色或棕绿色的藻葵。虾特别精巧，矿物质般剔透。小得像蜘蛛的螃蟹，虚张声势，随时高举透明的小螯示威。我注视着远方，想着海平面下，水母就像新娘纯洁而又蓬松的裙裾，鱼群烁动着丰富变幻的鳞彩。我也知道，大海内部，很多领域并非像电视镜头呈现得那么绚丽丰富，可能什么灵动之物也没有，看起来，就像一个巨大的空腔。但正因此，大海才能养育蓝鲸那样的巨兽。海底的哺乳动物，往往具有奔波陆地的动物所不具备的缓慢和雍容。每当波浪之中，隐隐露出宽阔发亮的鲸脊——那背脊，仿佛浮动的地平线，令人联想起古老得令人震撼的旧纪元。

再往深处探寻，就会目睹大海的黑暗。平展或褶皱的海床上，鳗在漆黑中独自发出闪烁的电量和微光。潜伏沙砾中的捕食者，姿态懒散而眼神警觉。幽灵般飘移的海蜇。只剩眼眶的盲鱼，它等待着经过几个星期才能从海面缓慢下降到这里的碎屑。

但大海并无偏颇。当月亮像一片金黄的大鱼鳞辉映天空，我设想那涌动的浪啊，正是催拍着抚慰入眠的温情之手，在它温暖的寝被之下，睡着无数全是它恩宠中的孩子。大海，仿佛深蓝的教堂，巨浪澎湃，组成巴洛克式的白色塔尖。它的护佑那么宽广。有时，我也愿意猜测，坐在海秋千上悠闲的大神，你会为谁带去伟大的安慰?

在位于庄河东南号称“世界蚬库”的蛤蜊岛，我惊喜于自己的发现。我捧起一把，有大而圆整的乌蛤，也有造型别致的螺贝。我把一只锥螺举到强光下，隐约看到它内部通透的光晕和完美的螺轴。

我愿意驻足庄河的沙滩，长久凝望大海——那喘息的胸膛。它亘古不变。我仿佛看见曾被礁石撞击的船头挂上盐霜，看见渔民把三叉戟插入鱼脊上结实的脂肪，看见荒凉的岛屿上停落热烈逐爱的鸥鸟，看见千百万破损的贝片依然闪耀珠母光泽，被潮汐的巨力一次次堆积在沙线边缘……而远方，鲸鱼的歌声正搭建起一座圣殿。

坝上秋色 / 六月的博尔塔拉 / 在那遥远的地方 / 呼伦贝尔的雪

| 原 |

坝上秋色

进入御道口的时候，天色已晚。颠簸中的车灯形成光柱，照亮前方一片狭长的有限区域；两侧据说童话般的草场，完全隐没在幽暗之中。

暮色四合，群山沉寂。左侧山体边缘与天空之间，奇异地保持着一条通透的青蓝光带。那是地平线下太阳余晖反射出的光带。尽管是在车内，还是明显感觉到坝上骤降的气温，我加厚衣服，系紧围巾。又过了许久，才渐入草原森林风景区的腹地。透过玻璃窗向外看，依稀寥落的灯火，颤动在已看不见轮廓的黑草原。

无须仰视，夜空垂得很低，群星蜂拥，多到不可思议。

星宿总是令人遐思，甚至让人信赖天国的存在，此时此刻，你就会明白，神何以作为隐居者，栖身苍茫。如果祈祷来自我们的内心，神示是否必然降自不可企及的遥远？不知为何，我暗怀伤感。在断肠与禅定之间，在悲与智之间，在慈怜与透彻之间，我们深怀令自己无能为力的柔情。

前几天坝上连续降雨，幸运，我们到来的时候天晴了。御道口地域辽阔，景区面积达一千平方公里，虽然时值九月末，早过了野花盛开的季节，但放眼望去，别有一番秋日的况味……盛夏的好时光，通过酝酿，将转化为冬藏的酒浆。

到处都能看到桦树银白的枝干，从远处看那些树冠，隐约有种雾状的错觉。很多年前，家里挂过一幅以白桦作为材质的树皮装饰画，主题是松鹤延年。其实，鹤并不栖落松林，所以在实际生活中不会出现这样的场景；如同画屏中所虚拟的福寿吉祥图景，蝙蝠一般也不会缭绕在桃子附近。但美好的愿望，往往就是逾常的愿望，它想象着相遇的奇迹。除了白桦树，落叶松也很多。无论怎样错综地栽种，这种植物总给我以自在的纪律感，形成齐整的制服阵容。但它同时具备着另外的亲和力。当脱落的松针铺满，仿若童年的旧棕床，可以让人枕梦而眠；当白皑皑的雪覆盖，它们就像是用乱针手法绣上去的。

天广地阔。对比之下，大地上的树木显得低微，如同具体的万物总是低微于抽象的上苍。又想起英国文艺批评家约翰·伯格的句子："天与地的差异虽无穷无尽，其间的距离却微乎其微。"

阳光处于变化之中。有时明亮，但并非一直强烈，有时从云层里透出来，泛出动人的珍珠色，有时接近蛋糕坯层上那种松软的奶黄色。牧人割刈并拢起的草，堆积成小小的圆丘，让我想起豹斑在不规则中形成的整体均匀感。当太阳改变它照射的角度，树跟随着悄悄移动它的斑影……梅花鹿般移动的秋天啊，或者，坝上之秋，更像一只跃动之豹，起伏的山丘就是豹子弓起的优美腰线。高处的云，也把它流动中的斑影拓写在我的身上。

我看到鹭鸟的青背、游隼星宿样的羽斑，看到盘旋之上的鹰，那王者的从容。散漫的羊，脂肪沉实，在山坡上的某个瞬间，羊群形成一片硕大的莲瓣。还有马，低垂披拂的鬃毛、弯卷的睫毛和面颊上修长的鼻骨；温柔忠诚，它们深水晶的眼睛能映现夜空。

走在御道口牧草丰饶的原野，我耳畔回荡着乌仁娜《生命》里的旋律。又想起那些蒙古长调。歌声清澈又醇洌，盛满马奶酒一样令人饮醉的爱——必是襟怀敞亮者才能如此歌唱。听到的人，会在歌声里获得安慰，觉得牛羊都忠厚，爱恨都结实。现在不是地气最饱满、水草最丰实的季节，但这里看起来依然有若天堂，并且，更适合呼麦那奇异的喉音在地平线上回荡。

御道口最动人心魄的，是那条尚未被正式命名的大峡谷。我第一眼看见它的时候，立即被震撼，它深怀暗恋般令人绝望无言的美。大峡谷会让人产生一种妙不可言的感受：寂静也是有声音的，它优雅地融入低音区里。我所倾慕的美，无不带有某些寂静的性质。溪流在谷底流淌，自在清澈，冲刷着裸露出来的根系。

白桦林的枝干明亮耀眼……坐在缓坡上，我看对面深深浅浅的暖金色。披光的树叶，脉络纹理清晰。身置哑言的秋天，一抹微薄的光照，是否能让人赤诚，裸露出我们品格里的黄金？

披光的树叶，脉络纹理清晰。

每个人至少有那么一个时刻，面对峡谷，安静地沉思或感恩……好像牧场的孩子仰起面颊上布满晒斑的小脸。

六月的博尔塔拉

五六年前，曾经游历新疆，我记得越野车外的戈壁、绿洲、葡萄架、遍地浮雕似的牛羊。其实那时就来过赛里木湖：殷绿的草坡、湛蓝的湖，还有天空大朵的缓慢的云。骑马驰骋，我在颠簸节奏中看到的赛里木湖像逐一定格的画面。那年那月的赛里木湖，美虽美矣，但在正常的尺度之内。我印象更深的，只是自己骑马的经历。

然而，2011 年当我再次到来，我突然发现，赛里木，成为难以记忆之湖。通常意义的难以记忆，是因为事物的平淡、庸常与模糊，缺乏强烈的特点使它很快被埋葬在往事的沉积岩底层。赛里木湖之难以记忆，却是因为它的丰富多变，它竟然魔幻般成为我仿佛从未涉足的梦想之地。仅仅因为季节不同，赛里木已变成完全不同的湖，甚至难以找到回忆中的任何共性。如此妖娆，妩媚多姿，你无法通过轻易的概括和形容将它捕获。我越走近赛里木湖，就越感觉它在遥远的前方，有如幻境——任凭你燃烧渴望与多情，它都无动于衷，因而有种令人绝望的自由之美。

湖岸辽阔，草茎却短小，高度不及脚踝。一丛丛或黄或紫的野花点缀其间，朵瓣极为细小，更见大自然精湛的设计工艺。远远近近铺花的湖岸，望过去颇有迷离之感；又像孩子着色天真的水彩画，烂漫而不拘一格。这里不仅镶嵌着碎钻般的野花，还隐藏着晶亮的水洼和闪烁的翅膀。随着走动，匿影草丛的蚱蜢纷纷弹跳起来，好像是足尖撩动小溪让水滴飞溅。那些精巧的小生命在脚下音符般起起落落，我听到它们重新落回草叶发出甜蜜的沙沙声，细若耳语。我还幸运地遇到一只蝴蝶蚱，也是蚱蜢的一种，但它有蝶翼般的深橘色翅膀，内嵌星座样的神秘斑点。捉住它，放在掌心观察，它依然有张武士的脸，翅膀折叠起来如同带鞘的佩刀，一副坚硬而凌厉的样子。但是蝴蝶蚱飞舞起来，是以不可思议的轻盈啊……那么俏丽的男旦，雌雄同体般令人迷惑，它是唯有诞生于梦境的灵物。在这样诗意的湖岸，散漫的牛羊都有双因自由而安详的眼睛。在这样的赛里木湖，我也学习用新生牛羊的眼睛来看待世界：天地也像刚刚诞生于母腹，刚刚从胎衣里剥除出来，带着某种象征永恒的清新与无辜。

博尔塔拉的水与众不同，这里的山别样生动。六月的这个午后，我们来到巴音阿门，沿着天山支脉婆罗科努山攀缘。山坡上遍植云杉，每棵树都贯彻圆锥体那完美对称的形式几何学——这是一种充满自律与诸多象征寓意的植物。土壤暄软，铺满棕金色的针叶。无论是在潮暖的土壤还是坚硬的山石上，都可以发现一层均匀而细腻、仿若矿物质的粉末。仔细看，是云杉释放出的金色花药。我被含蓄的诗性所征服：这座暗自芬芳的山，心怀那么寂静的爱意。到处是脱尽籽粒的球果，拾起一枚：错层排列的木鳞组成的椭圆形状，看起来像微型的塔，具有某种宗教的内在庄严。

开始爬山的时候，梯阶是石块，很快变成大段原木。平日慵懒，久未锻炼，这样突然加大的运动量难免令我气喘。疲倦的时候，歇歇脚步，有风袭来，婆娑的树影，就像小情人清凉而惊慌的手指轻拂面庞。遥望对面，苍山如海，我荡漾喜悦和温柔。

终于，到了山顶……但，这哪里是通常意义的山顶？高山环绕中，我看到的是一片童话般的草原，美得失真……都拉洪，空中花园。辽阔，舒展，依然生长着微雕样的小花——这里的草场拥有一种高处的寂静。只是远远地，看到长尾黄鼠，在洞穴之间灵巧腾跃，毛茸茸的拱背和尾部形成淡金色的弯弧。渗出苔绿的巨石上，岩画采用的是原始初民的风格，让人深感这样的世界，天荒地老，亘古不变，就像信守着某种承诺——此时此刻，透过云层，太阳正向牧场播撒它戒环上的伟大之光。

我们席地而坐，品尝新打的馕，还有香喷喷的酥油、奶疙瘩和油馃子。想起我热爱的散文作家周涛，有篇文章以昌耀的诗歌作为题记："前方灶头，有你的黄铜茶炊。"不知为什么，几个简单的字里所包含的温暖是那么朴实有力。住在此地的牧民正在填柴，炊烟煦暖，烧煮醇厚的奶茶。我一直偏爱奶茶的味道。奶是婴儿时期的全部营养，茶是典型的成人饮料，总觉得两物的美妙融合，同时给了我母性的恩宠与父性的教导，我感觉自己仿佛被温柔与强健的两种力量同时灌溉。

牧人为我们唱起蒙古长调，拉起马头琴。歌声具有强烈的感染力，要怎么才能去形容呢？让人感觉那里面五谷丰登。听了那样的歌声，就觉得牛羊都忠诚，爱恨都结实；地气饱满，水草丰实，这里养护着羔羊清润的肠胃……只有襟怀敞亮，歌唱起来才能如此荡气回肠，令人沉浸。那歌声舒缓、专注，对动植物一往情深——清澈又醇洌的爱啊，奶酒般令人饮醉。而马头琴，既奔放又内敛，既狂热又感伤，它可以在两极对立的形容词之间优美地滑动弓弦，可以把人送入天堂的明亮里，也可以让人坠入深渊。我喜欢少数民族的音乐，喜欢里面坦然而干净的儿童式的执着，其中满怀的爱，能够作为内在的光源把人照亮。那种纯粹与浓烈，精明的所谓现代人难以承担。我们在调情中夸饰氛围，心神却拒绝给付，不过擅长隆重的口语表达罢了——体积大、密度小的东西，在性质上无不轻浮。我笃信，真正的爱，以最古老的方式存留：自然、温暖、饱满而又满怀倔强个性……就像此时，这个天上草原里所发生着的一切。

我知道远方的河流，像浆汁要冲刷每一根叶脉般在大地上流淌；我看到此时的天上，伫候着地图形状的云，它帮助我们重新理解家乡和天堂。躺在都拉洪草场上，我像一只晾晒新翅的雏鸟，不能预料的未来那么辽阔地铺展着，我几乎不能说清这种略带伤感的喜悦……不过无妨，所谓天堂，就是无论流泪还是微笑，都让人感觉安慰的地方。作为游客，我们会在黄昏之前返回，无缘目睹这里的月色。但我想象星芒满天，想象夜空中醉人的安详：羊群簇拥在彼此浓厚漫卷的皮毛里，牝马温顺地垂下弯长的睫毛，牧人的鼻息也调整得轻柔……一切，在草原的黑子宫，在万物的摇篮里，沉睡如婴儿。

六月的博尔塔拉，在我记忆的枝头慢慢酿造它的果实。联想起此地特产，精河枸杞。尚未采摘的枸杞剔透晶莹，玛瑙红格外诱人；晒干后，依然保持着殷殷血色。枸杞可炒菜煮汤，可泡酒或茶饮，色泽是依然不变的滴血之红——我总觉得，较于相思豆，枸杞象征更为具体的入药的想念。

五色风马旗下的敖包，我曾绕行并祈祷，默默添加过石头般结实的惦念；天地苍茫，我曾驰骋，并必将在此获得感恩的理由。

地图形状的云，它帮助我们重新理解家乡和天堂。

在那遥远的地方

新疆，这块土地，就如它所特有的织锦般有种魔幻般的绚丽。数次游历此地，从风情浓郁的南疆，到广袤辽阔的北疆。新疆有童话般美丽的喀纳斯湖，浩茫的戈壁滩，甜而水分饱满的果实，图案繁复的地毯。更有魅力的，是那些热爱生活的人，我记得他们生动的面孔：婚礼上敲响手鼓的歌者，五官充满雕塑美感的维吾尔族姑娘，默默擦亮英吉沙小刀的男孩，葡萄架旁的大路上驶过怡然自得的赶车老者——鞭子软软搭垂着，他们不忍心抽打自己眼神温顺、皮毛洁净的小驴子。

在我的情感叙述与个人记忆里，新疆更多意味着美景和浓烈的民族风情。2008 年 10 月，由乌鲁木齐地窝堡机场转飞库尔勒，从舷窗遥望云层，我猜想那些以前只在照片和电影中见识的沙漠。此行的目的，是受中石油之邀，参观阿克苏地区的油田开发。对我来说，这是一次需要超越旅游意义的远行。

是在地理课本上，我第一次见到塔里木盆地：中国最大的内陆沉积盆地，被天山、昆仑山和阿尔金山所环绕，地图中间浅褐色的地带，就是著名的塔克拉玛干大沙漠。建造伟大之物，无论大海还是沙漠，上苍都采用最简单的同质材料、最简单的重叠手段。而最省俭的方式，创建出的，却是人类一旦深入就难以轻易跋涉出来的复杂迷宫……看一看海床上的沉船，沙漠里骆驼枯骨，以及那被挖空的眼眶。多亏有了科技方面的保障，更多的，多亏那些先于我们深入的脚步，我才能如此从容，欣赏沙漠充满几何美学的柔软弧线。浑圆与简洁之美，却蕴含丰富的变化，尤其配合微妙的光影变幻，更令人赞叹。风的柔韧之手，挪移万物，它似乎在那些细腻的沙粒上写着随时会被修改的乐谱。即使沙漠中的空旷土城，以及巨大而连绵的山体褶曲，常常鬼斧神工，甚至传递出某种狰狞的氛围，但依然让我们惊喜地一次次按下照相机的快门。油田工作人员热情地帮我留影，我积极做出各种配合的表情，因为背景奇异：赤红的山体褶曲底下，铺着一层若隐若现的积雪般的盐碱霜。

几天的参观日程，我明白，自己对沙漠的赞美只是出于匆匆过客的观察角度。这些风蚀的独特地貌，峻奇诡异的山势，对摄影家而言当然惊喜，对于居住者，却是常常需要面临的险境。如同面对图片上所谓的死亡之海、所谓的生命禁区，我们感慨于自然骄傲的伟力；而在地球的某一角荒漠，肯定存在着那么一些默默的人，把生命和绿洲植入……他们是那么坚韧的种粒。

“没有荒凉的沙漠，只有荒凉的人生。”我在油区到处可见这样的口号。之所以以此为口号，正是因为，这里的环境的确太荒凉了，岂止缺乏灯红酒绿的热闹，它还缺乏基础的水分、氧气和绿色植物。由于气候和地理的条件限制，许多动植物在这里都难以存活。石油人幽默到把苍蝇叫作“小空姐”，都不舍得打死，因为每个生命都那么珍稀可贵。

越野车疾行，车窗外是荒凉无尽的沙丘。为了更好地运输人员和机械，完成沙漠深处的油气开采，修筑了这条世界上最长的沙漠公路。为了保护它不被挪动中的沙堆轻易覆盖，路边始终植有防沙林。这条最长的沙漠路有多长，沿途滴灌就有多么漫漫的跟随，那一点点细心养护的绿色啊。

每隔五公里，就有一间简易房，住着专门负责滴灌的看护人，常常是由一对异乡小夫妻来充任的。他们像一对候鸟，需要度过漫长的年日，才有可能迎来一次短暂的归乡。我们敲开一户人家，见到了因疏于人际而显得拙言的丈夫，背后是他妻子：圆润生动的娃娃脸，漾动着孩子般的信任与纯真的表情。她之所以如此，是因为长期远离社会的繁杂吗？她的世界里，只有最近的亲人，最远的天地……那是一种让人同情的孤单呢，还是令人无法设想的宁静的幸福？我无从设想，因为与我的生活经验迥异——她好像植物那样随遇而安，简简单单地活着，一滴水都能带来无比清凉的安慰。离开的时候，我们把车上的水果留给她。从后视镜里，我看到苹果柔红的光映照着她脸上干净的笑容，生动的画面感，远胜于表达力普遍虚弱的美术作品。

我们来到塔克拉玛干沙漠研究所，这里有座“塔中沙漠植物园”。工作人员试图培植更多适应环境的植物，来养护沙漠公路及井区的办公区和公寓区。沙漠里常见红柳、沙拐枣和骆驼草，其他的，都具备寒冻地带植物的特点，通常草株低矮，花开得极小，倒更觉精致。它们尽量把小得需要用显微镜来观察的花瓣打开，像海星那样摊展着，以吸收有限的太阳光线。我经常在碎石砾间驻足，感叹于它们旺盛而自足的绽放。在塔中沙漠植物园，我看到露天实验田里种着许多耐寒耐旱的植物，芳名悦耳：狭叶锦鸡儿，羊柴，盐穗木，香叶蒿，石竹，西伯利亚白刺，醉鱼草，太阳花，白皮沙拐枣，盐角草，等等。我见的茄科植物，如迎春的灌丛，打散点点的金黄色；东方铁线莲，弥漫着蒲公英般的球团；还有一种名为花棒的奇异豆科植物，如雾如烟，似是放了一树粉艳的焰火。

如果以城市中招牌灿烂的研究所来对比，这间研究所的条件潦草甚至窘迫。薄皮简易房般的住所，生活用品也非常朴素，我没看到他们的膳食标准，只通过院子里敞开的地窖口，看到藏储着几堆努力保鲜中的土豆和白菜。研究员大多是来自清华、北大等名校的博士和硕士，他们的工作，就是顺着那条单调的沙漠公路巡检。从沙土覆盖的服装到风吹日晒的面容，他们都很像是环卫工人或养路者。我和其中一个清华博士短短交流了几句，我惊讶于他们内心的定力。从热闹的城市转为清寂的荒野，由霓虹灯闪烁的七彩变成沙粒亿万年的苍黄色，从天之骄子变成形同环卫工人的落差……对于他们，似乎并非巨大转折，而只是安然，并平静地执守着自己的职责。

当然石油人并非永远面对物质条件的艰苦，恰恰相反，这次去哈得油田、塔中油田等地，我们一行人无不惊讶于他们舒适的工作环境、生活区域和休闲场所。几次入住不同的接待公寓，条件和服务堪比星级酒店，甚至更充满人性化的细腻。

但无论企业实力的提升、企业文化的丰富，都不能改变沙漠里几乎是必然的寂寞。但在这里，说寂寞太矫情了，也太奢侈。我们太频繁地运用“寂寞”一词，对比之下，这似乎仅仅成了文人的表达习惯，暗示自己具有卓越的灵魂品质，在尘世中缺少能力达至对等的呼应者。其实，有时仅仅因为内心缺乏足够定力，也不够丰富到自给自足，也把一种无聊中略带的慌张称为“寂寞”了。人活着需要经过历练，而他们学会在寒冷与干燥中，把自己培育成一蓬即使寂寞也依然盛大的植物，保持着自己热烈中的生命力。地理意义的孤旷，未必绝对导致心理意义的无援……他们就像胡杨，能够汲取到水，是因为根系的深与力量；沙漠里的石油人，具有胡杨一样非凡的耐受力。

有些人即使独居荒岛，也能为自己创造节日；即使置身沙漠，也能在内心建造花园……比如，这些令人感佩的石油人。我特别感动于他们能够发现并创造诗意的能量。他们看见，含油岩芯的横截面，仿佛一枚幽深的海星。他们看到采气树涂着明亮的黄漆，像胡杨树叶那样明媚。我在一间展览室里，看到他们把取自不同井段的油，按色彩排列。高高的玻璃管，外面标识着英买、塔中、轮南、红旗、吉南等不同的采集地，而油质，显现通透明亮、不可思议的光彩：玫瑰粉、澄黄、莹白、朱红、雅灰……色泽几乎糖果般诱人，如彩虹，或彩色的上升的音阶。

天空高旷，沙漠低远，夕阳下浅金色正在变凉。记得离开塔中前夜，我如何关注沙漠的点滴变化，最后的夜幕中，沙漠的轮廓消失，只剩星空悬垂。这天留给了我深刻的印象。因为在我观看克拉 2 井气田白云岩构造图时，它看起来就像一片生动的橄榄形叶片，就像童年和今夜叠映在我回忆里的星座图。还有那些在遥远地方的石油人，将永远驻守着这份古老的神秘。

呼伦贝尔的雪

最初不觉得冷。

我开始嘲笑自己的装备，以为海拉尔的冷是那种最冷的冷，我把自己用羽绒和毛皮裹得紧实，然后小心翼翼地打包寄来，根本不敢探出手脚。没想到，并无想象中的酷寒，我摘下口罩，从毛茸茸的围巾里仰起脸，感受高纬度的阳光……没有温度，如此弱力，它只是一片有限的明亮。

一旦略感寒意，已经来不及了，我觉得自己瞬间就被击穿。即使后腰上贴了两片暖宝，它们嗞嗞地升腾热气，我就像被打了马印，但，无济于事。冷，瞬间，把我压缩成一个薄薄的片状物。好在蒙古包里炉火明亮，过了一会儿，我就像进入洞窠的冬眠熊——整个世界，大雪弥漫，而我，即将被柔软蓬松的梦境保护起来。

然而身体一旦暖和过来，我马上掀开厚实棉帘，继续寒冷中的考验。因为，我舍不得在舒适中养神——高贵俊朗的蒙古汉子正驾驭马匹驰骋，最好的摔跤手正摇晃肩膀上威风凛凛的泡钉，他们将在冰天雪地中赢取自己滚烫的荣誉。

我们，来看冰雪那达慕。

蒙古、鄂温克、达斡尔等各族人民穿着鲜艳夺目的盛装，跳舞、骑马、赛骆驼。以前，我们唯有在黑暗中，才看见礼花；此时，在一片耀眼无边的银白色中，那些饱满的色彩如同节日变幻中的焰火，绚丽夺目。

如同重回童年的喜悦，我们在内心的狂欢里，兴奋时哈气的频率都变得快了，颤动的睫毛上挂满细小的霜晶。看马鬃飞扬，皮毛还是缎样的光滑。看，骆驼的前胸直到下巴，都像围着驼色拉绒围巾，这些体形庞硕的巨人，好奇的眼睛让它们显得一脸萌态。一切，回到纯真，回到呼伦贝尔的雪那无瑕无染的洁净世界里。

雪，无涯。

这是呼伦贝尔长达七个月的漫长冬季。窗沿垂下的冰凌，玻璃上绘出的魔法。连平常缺乏美感的高压电线都变成了白色的纬绳，像准备编织一顶大大的毛线帽子那样松散着。喂养牛羊的牧草被埋藏，蓄养它们的根茎。樟子松落尽它们的松针。卸下鞍韂的马背，呈现出优雅的弧度。结冰的小溪光线幽微，骨簪一样，埋进浓发般的黑暗丛林。仰望，深蓝色的蒙古袍一样的草原夜空，钉着星星的银扣子……即使整个世界寒意凛冽，万物依然笼罩在老额吉秘密的温暖怀抱中。

在呼伦贝尔，大地的极寒和人性的暖意形成强烈的对比。越冷，炉火越旺，奶茶和手把肉的香气越是弥漫。蒙古族人因感情克制而沉默的脸，或者骑行时的洒脱奔放，以及草原上各个少数民族那敬畏自然又处变不惊的天性、不被寒冷侵蚀的灼热的内心，总是让我产生敬意。甚至在城市中，感觉亦是如此。当坐在海拉尔的哈萨日酒吧，外面寒风吹彻，而我们无话，听那些出色的演唱：《蒙古颂》《黑犄角牛》和布里亚特民歌《山顶》。说不出什么，只觉得那是抵抗和忘却寒冷的方式。

酒吧是蒙古族作家黑鹤带我们来的。奇怪，他身高有一米九，性感的胡子里有些许白茬儿，但我依然错觉他是少年。大约因为，他富有少年的英气与率性，会让人产生轻微的恍惚。有人像把小刀有着凌厉紧凑的美，而黑鹤，更像草原夜空下独奏的马头琴，既纵情又自制，不羁却内敛……他就像他写下的那些文字。黑鹤长驻呼伦贝尔，他在呼和诺尔湖附近用自己的稿费建立了蒙古牧羊犬基地，繁育基因优质的狗仔送给牧民。他的率性而为里，有种看似大大咧咧其实却细腻的对草原的深情、慷慨与感恩。反观自己，有时，因为虚伪得没有技术含量而自以为真诚，对比天然的坦荡，我相形见绌。

我从黑鹤那里得到一个礼物：口弦琴。它的旋律和音色与我想象不同。它的形状简易，像把微型便携工具，是利用舌头的位移和搅动产生气流，使音色发生变化。由于我不掌握技巧，口弦琴只能发出单调的复述。但是，如此简易，当我尝试黑暗中弹拨，在渐渐空旷的余音里，我不知道自己为何感伤。又想起在哈萨日酒吧听到的呼麦。呼麦，一个人同时唱出两个声部：声带发出的是低沉的基音，口腔发出的是高亮的泛音。哈萨日主唱那种高亢的金属哨声，穿透力极强；而呼麦低音声部的浑厚振动，同样有着口弦琴般的单调低缓——这种传承千年的唱法带来源自古老的震撼，让我想起远方神圣又神秘的献祭。呼麦的高与低，融汇苍穹的高渺与大地的沉缓……的确，只有生活在草原上的民族才能发出这样的声音。并且，没有什么深情不是孤独的。呼麦为什么会出现重声？因为那天荒地远的孤独，让一个人学会与他的灵魂合唱。

此次旅行，我学会了满语中发音有意思的两个词汇：哈拉巴和嘎拉哈。哈拉巴，指的是牛羊等动物的肩胛骨；嘎拉哈，是羊后腿里的膝盖骨。我对嘎拉哈更为熟悉，因为它是童年游戏里的常用道具，我们叫它羊拐。它有耳廓般的边缘，弦月样的弧度，背面像鞍鞒那样拱起，正面的凹窝，大小正好能够放进食指的指肚。我在餐馆里吃了一只卤制的羊膝盖，慢慢啃食它筋槽里的肉纤维，直到它露出隐藏其中小巧的嘎拉哈。清洗干净，我把它作为一种纪念。

离开那天，看到海拉尔街头各处的雪雕——这是只停留在冬天的建筑。雪，就像草原一样，辽阔中交融着单调与丰富那难以言明的部分。在其他城市那里用以铲除的冰雪，正在这里垒砌立为艺术。是否正因极寒，未来的春天才会来得健康茁壮？这里的春天，将拥有，凿刻雪雕的创造之手那样有力的骨节。我的手指抚触着口袋里的嘎拉哈，这块马鞍形的小骨头，让羊群得以漫步草原。如是，我可以在回忆中弯曲膝盖，既是致敬中的礼仪，又可以想象自己行走在呼伦贝尔席卷天地的大雪之中。

城

丽水的丽，多音字

到浙江丽水之前，我不知道“丽”是个多音字。美丽、秀丽、俏丽、壮丽……全是读四声，降调，其中包含简洁而坚决的判断。但“丽”水，读音上扬，仅仅因为这个地域，它有了另外的读音。也许这是微妙而准确的概括，因为丽水之美如此不同：它的剑，它的瓷，它的矿藏……这些事物闪烁着明朗或幽微的光芒，使丽水的“丽”，保持着一个多音字才具有的丰富、变化与生动。

丽水的龙泉剑盛誉天下，“坚韧锋利、刚柔并寓、寒光逼人、纹饰巧致”是它的四大特色。即使四大特点已经指向具体，但若你看到实物，就感觉说得还是抽象——所谓的美，能够摆脱所有对它的简单形容；或者说，美正是我们难以形容的部分。我见过许多把剑，珍存者或出于健身目的，或仅仅作为摆设——所有的冷兵器里，大约只有剑，千年来持续至今渗透百姓的日常生活之中。剑虽好，我看看作罢，因它远离自己的需要，所以并无牵挂。但在龙泉，参观周正武先生所制之剑……一瞥惊鸿，再看，已是惊心动魄了。

世传春秋末期，铸剑大师欧冶子铸成龙渊、泰阿、工布三把名剑。周正武先生重铸以此为名的龙泉宝剑。如此卓尔不群的美器，品相超拔。你甚至都不敢赞叹它“漂亮”，这个词在这把剑面前显得轻浮。美，绝不羸弱，凛然又内敛。谁与试锋？它们不怒自威，所向披靡。不是与我以前看过的剑相比，就是与其他同样出自工艺美术大师的作品对照，一眼望去，境界也高下立判、云泥之别。参观其他的剑，大可评头论足、指指点点；周先生的剑蓄而不发，不拘泥，不自矜，不屈服，始终的内力却使它无惧于雷霆万钧……我甚至承受不了长时间、近距离凝视此剑带来的心理消耗，不由自主地退后半步……这才叫气势如虹吧？人们形容好剑利可吹毛、光能莹雪，其实美到极致就是绝对的力量，又何劳血刃？不怒而屈人兵。这是魔剑，神鬼之作。简捷又意韵缭绕，你可以说周先生传承古意，也可以说他汲取现代，说到底，那些令人屈服的美、令人无言的自由，是难以规范、测度和评判的。遗世独立，如最后的隐侠。我发现，周正武的剑不适合存照，现场感知的强大气场在图片中难以呈现。我后来明白了神秘所在，因为与别的剑不同，它是活的。

想起自己的大学时代，体育课应付得潦草，唯有舞剑，深得我心。也知道想象里的屠龙之术，不能应对现实里的简单技击，但招招式式，一路下来，内心也平添鹤唳般的清傲；最后的收式，双臂如飞鸟敛翼，四望无极——即使那是黄叶漫卷、意兴阑珊的秋末，仿佛那个仗剑行侠、降妖伏魔的天涯梦，张开翅膀也可抵达。

李白所云“仗剑去国，辞亲远游”——身无长物，唯持一剑，天涯纵远，也有什么象征着正义、尊严和凛然，象征除暴扶弱的力量。剑，抵消了畏怯，也安抚了孤独。天平的两侧，一边是浩大世界，一边是微如草芥的个体，但我们只需加上一把剑，似乎就能维持有效的平衡。韩愈说剑“佩之使我无邪心”，意味深长。无非是平衡善与恶、柔情与暴力、护佑与杀伐，这绝对制衡之下的宁静才能产生所谓的无邪心。无邪心，绝非幼齿者的无知，而是跋山涉水、行地无疆之后的从容，是薄冰履过、烈火锻来之后的笃定，是老年沧桑历尽的不悔天真。我想象古代的某位侠客，怎样阔别爱情、寄情山水，他的内心有过怎样剑一样至柔至利的回忆？及至暮年，山河与荣光俱远，他的心境是否如杜甫颇具况味的诗句："检书烧烛短，看剑引杯长"？世间多凡夫俗子，他们并无济苍生、安社稷的雄才大略，但仗剑天涯，即使做不成剑胆琴心的侠客，也会使人渐生豪迈。

剑，身形修长，典雅内敛。兵器里的剑，就像植物里的竹子，具别样清气。剑为"百兵之君"，之所以说它是兵器中的君子，除了内在的风雅，还因为运用时双方必须近身——不屑于暗器与阴谋，以直面、单独、公平的方式搏击。格斗中多数花的是功夫和气力，之所以有"论剑"之说，因其有着秘而不宣的形而上境界。

剑形各异。小如鱼肠，迹近匕首；有的形制巨大，沉重如戟。围绕着剑的故事，爱恨缠绵，也涉及尊严、复仇与雄心。它们负载过虞姬之舞，承担过勾践之恨；出入庙堂之高、江湖之远，它们见证歃血为盟，也经历割袍断义。面对敌酋，它是出鞘的寒光；斯人已远，睹物伤怀，它是珍藏在剑匣里最后的柔肠。一把剑，有若一道凝固下来的闪电，它汇聚淬火时的彻烈与彻寒……汇聚极端的爱恨，才使它如此凛冽。

除了剑乡，龙泉还是著名的青瓷之都。我们前往参观曾芹记古窑坊，那口老窑建于清光绪年间，已有百年历史，势如卧龙，我仿佛看得到它风雨中的逆鳞。弯腰过矮门，进入老窑，原来内膛并不逼仄，可直身，亦可数人并立。窑顶和侧部都有釉晶状物，请教了坊主，方知这就是“窑汗”——柴焰里的碱质与石灰发生高温反应的结果。坊主曾世平说，老窑一年仅能烧制两次：准备瓷坯，就要花上四五个月；加上放坯子，又要一个月。我们在瓷坊里四处转悠，看到一个烧瓷的女子正在制坯：紫砂壶色的泥坯旋转，被她灵动的手和小巧的工具反复贴压，罐子的腹壁渐渐呈现圆润的弧度。原来，这瓷器一样清雅的美女正是坊主之妻；旁边的，是小舅子，在捏制香炉上的仙鹤。周围高高低低的木架上，摆着大大小小、造型端巧的香炉、盘碟、执壶、灯盏和笔洗，午后阳光穿梭其间……千百年来制瓷的工匠和家族，就这样宁静劳作。那些古老的瓷器上有着古老的指纹。

瓷釉似玉，剑刃如霜。龙泉的剑庄与瓷铺，鳞次栉比，毗邻而居。瓷器，既脆弱又结实；宝剑，既柔软又坚硬。由土到火，它们身上都有不可侵犯的凛然。

离开龙泉去遂昌。据说此地的高平乡野生杜鹃万亩，开得汪洋恣肆，忘我忘他。可惜我们来的时候没赶上花期，只好期待他日的奇迹。前往国家矿山公园的路上，乌云就像轮流踩踏的水车，降下一阵阵的雨；我隔着车窗向外张望，慢慢觉得，雨，也像被它浇灌的作物。到了矿山，微雨初霁，峰峦之间水汽迷蒙。

根据碳 14 测定，遂昌金矿的开采始自初唐，至今留有完整的古代开采遗迹。去看明代矿坑，需要乘坐小火车——真是小啊，厢体狭窄不说，头部几乎触顶。小火车吱吱嘎嘎，带着持续的颤抖和噪声，缓慢地行进。像进入食肉动物的腔肠般无尽的黑暗。我坐首节车厢，回头，看同行者：隔着丝网，灯光昏暗，他们像被羁押在囚车里的犯人，失却自由。再看前方，极远地方，光源隐约。及近，原来是两个手执电筒的工作人员为了闪避狭道里的小火车把身体贴附在墙上，像两只发光的壁虎。

过去找矿，缺乏勘探的技术手段，古人有时仅凭外在的生物观察。据说，有野葱的地方会有银，有野薤的地方会有金，我不知这些说法在科学性上能否验证，只知道祖辈的开采，必是一条流汗流血、千难万险、向死而生的路。我观察那些古人用烧爆法炸出的矿洞，在没有大型机械设备的前提下，壁面何以做到如此光滑？至今仍未破解，这个谜，就像珍贵的殡葬品，跟随着那些作古的劳动者埋入黑暗。

导游教我们辨识矿脉和岩质，不要被表面的视觉效果所欺骗：石油般黑色的部分才是金，而表面光耀的金色，成分不过是硫黄。人类掏取山的腹腔里那些金色的内脏，以换取财富。我隐约觉得，写作技同此耳：陷身黑暗，在危险之中挖取内心，掘进，深入，然后爆破……我们从大量废料中提炼那一点点珍贵的金色。甚至写作者自己，有时会成为随葬品殉难于自身的矿藏。

在遂昌黄金博物馆，2012 年 11 月 28 日 12 点零 5 分，我抱起一块重达十二公斤半的金砖。它价值五百万元，这是我有生以来瞬间拥有的最大财富。本想以戏谑的方式存照留念，但金砖太沉，不容我做出貌似洒脱的动作，能把它拿起来已经很吃力了。持续数秒。放下许久，我感觉它消失的重量还停顿在自己的手里。

青田的石雕、仙都的丹玉、云和的木玩……丽水丰饶，难述其详。明万历二十一年至二十六年，汤显祖曾在丽水的遂昌任知县，所以当地修筑了汤显祖纪念馆。我在纪念馆的荧屏前看了半场《游园》，如若梦境的爱情将成为现实的奇迹。抑扬顿挫，深情缱绻，我说的不是昆曲，而是多情的丽水……一切，就像牡丹亭下勾魂的眼波。

春日阆中

2008年4月，我来此地之前并不认识这个字：阆。它的字形，似乎是一种隐喻：门楣之后伫候着温润的良人或良辰。因为事先不抱任何期待，当不经意间进入这座具有两千三百年历史的古城——仿佛窖藏的老酒被开启，我体会到一段有若微醺的幸福时光。这是一次格外美好又格外漫长的宿醉，以至两年之后，我要重游阆中，希望现实和记忆如梦一般再次叠合。

这是2010年，春天仿佛浩大的让万物复苏与繁茂的挪亚方舟在我们身边停靠下来。这是5月的南方，湿润，清新，少女眼睛里微微漾动的泪光那么动人。来到阆中，我们先上锦屏山。山体不大，也不险峻，但具灵秀之气。树木葱茏，雀鸟穿梭于枝条，穿梭于绿迷宫各个曲折的通道，我听到它们远远近近的彼此呼唤或者自由自在的独唱。身置其间，我像一粒找到归宿的尘埃。我知道，倘若从古城向这边遥望，此山形似屏风，亭台、树木、人物和飞鸟，仿若是用精湛的蜀绣手法刺绣在上面的。就在这灿若锦屏的山上，我隔江向对岸望去，看不清那些古老院落和街巷的细节，只见黑灰色的檐瓦重重低垂，排列绵密，鳞片似的……整个古城，像是巨鱼露出来的宽展展的背脊。一定是这神话般的巨鱼贪恋阆中美景，才蓄意搁浅，为了能日夜啜饮锦屏山下这一弯嘉陵江水。

当我再次走进古城，的确就像骑行在鱼脊上——那是一种如鱼得水的生活。路面不宽，轻微不平整，走在老街平平仄仄的韵角上，看深深浅浅雕镂的木质窗花，嗅花木散发出或浓或淡的芬芳，我由此进入古色古香的情调。阆中天然的格局，山锁四围，水绕三面，难怪被视为风水宝地。保存下来的古城面积有四百多公顷，古街古巷呈棋盘状格局，形成独特的唐宋格局、明清风貌。透过半掩门扉，婆娑树影下有执棋的老者或跌跌撞撞试步的幼童，一副桃花源景象。而商业街两侧，铺面都大开户牖，小小的人家，经营着各种不大的买卖。张飞牛肉。

桑葚醋。蚕丝被。窗花。折扇。布鞋和草帽。旅游书籍。姜糖。生意都是不着急做的，店家不等不劝的样子，漫不经心地看来来往往的过客，想自己咸咸淡淡的心事。我前年来的时候，带回两床阆中特产的蚕丝被，给妈妈一床，自己留一床——躺在里面，自己像裸露的蛹被茧衣保护和安慰。

我明白自己初次来阆中的时候为什么会一见钟情，因为这里的人们就这样千百年不变，质朴本分，不贪奢，也不乞巧，就这样简简单单、平静而知足地变老。阆中不像许多过度开发的旅游城市那样有过重的装饰音和表演痕迹，让我看的是蓄意编排的戏而不是本真的生活。这座小城古老而又清丽、沉静而又生动——阆中就是它原本的样子，有种素颜之美。难怪杜甫曾在《阆水歌》里留下这样的诗行："嘉陵江色何所似？石黛碧玉相因依。正怜日破浪花出，更复春从沙际归。巴童荡桨欹侧过，水鸡衔鱼来去飞。阆中胜事可肠断，阆州城南天下稀。"

杜家客栈系穿斗式和抬梁式的木结构建筑，享有盛名。视线越过雕工精细的吊檐和暖红的灯笼，看到天井之上一方裁得周正的夜空，星芒正闪耀。很久很久以前，阆中著名的智者落下闳也凝望过这样亘古不变的夜空，通过浑天仪的窥管，看斗转星移，从天体运行的神秘轨迹中探寻宇宙间伟大的历法。他精密的演算，传达出中国古人超拔的智慧。十二个月，二十四个节气——我们今天依然生活在落下闳当年所总结出的时序里，感受春暖秋寒的轮回。当然，我们平凡，所能拥有，不过是平凡人的乐趣——放下行囊，擦去鞋面上踏山蹚水的尘灰，放松地坐在客栈里，浅斟慢酌。一杯回味绵长的老酒下肚，顿觉红尘攘攘，唯有此地令人神清气闲、梦稳心安。阆中有三绝：牛肉、醋和馍。我偏爱杜家客栈特有的一道菜，就以阆中三绝为食材，加入醋汁的芡粉红润稠亮，口感介于汤羹之间，味蕾同时体会到牛肉的柔嫩和馍粒的酥香，入口即化，唇齿留芳。我忍不住大快朵颐，喝完一碗再添一碗，三碗之后还不舍放下羹匙。

晚上坐船，夜航嘉陵江。船上的男歌手声音嘹亮，高亢处声若裂帛；他身后的两个船娘，一个泼辣，眼睛里都是亮晶晶的光；另一个害羞，偶尔笑的时候才露出晶莹的皓齿。我们聆听着他们生动的民歌，顺江漂流……在两岸的璀璨灯光之间，在江水的粼粼波光和夜空的浩大星光之间。

登岸后，我们去看皮影戏。明亮光照下，色泽艳丽的皮影人在半透明的屏幕后灵活摆动，呈现着他们的喜怒哀乐与爱恨生死。我们忍不住好奇，跑到屏幕后观看皮影艺人如何进行表演，后来按捺不住，索性亲自执棒，小试身手。那些面部表情没有变化、肢体表现却灵活丰富的偶人，激情四射地热舞起来，让我们无比快乐。

夜已深，我们却余兴未了，不想就这么回了宾馆，实在舍不得阆中旖旎的夜色。于是找了临江的桌子，坐下来，慢慢喝茶。嘉陵江沉缓、宽广，无声流动。而江风柔煦，零星的微雨几乎是察觉不到的，温柔得好像是风中的水汽。茶盏和执杯的手，都浸在国画般的墨色里。我们有时闲聊，有时沉默。或许，我们也是命运操纵下的皮影，被神明即兴的手所操纵。但今夜没有伤感，尽可放歌纵酒，只当还乡……难道不是吗？“我生本无乡，心安是归处。”此时此刻，在春夜的阆中，岁月如此静好——更远更多的幸福，我不需要知道。

别院看花世外心

到铜梁，住玄天湖畔的金龙别院。安静，除了叶子跳舞，鸟儿在窗外唱戏。有时，风，也像踩着猫科动物的肉垫，无声无息。四川话用词微妙——“悄悄咪咪”，像在形容一只猫；没错，风就是悄悄咪咪地散步过去，只感觉它蓬松的尾巴扫过，我的面颊有点若有若无的痒。我一贯怠惰，缺乏锻炼，可到了玄天湖，第二天早晨醒来，我立即穿上运动鞋绕湖而行。

湖面也是安静的，小路没什么人。一块蓝色警示牌，说是禁止钓鱼和游泳。水鸟看了这块牌子，一定心怀轻蔑，它整天又钓鱼又游泳。水鸟会嘲笑人间蹩脚的纪律吧？它以为自由是天赋，并非需要认证的特权。我从远处看到浮眠的鸟，走近，才发现只是一片硕大的枯叶，微微卷边，睡在自己永恒的梦境之上。此时，天上两只情投意合的飞鸟掠过，打破湖面原本清晰的云影。

大约走出四五百米，我确认看到两只真的水鸟，体量袖珍。它们有着枯叶的羽色、独特的风仪，游动起来，身后拖着船形的尾迹。它们擅长潜泳，一个猛子扎下去，都是隔出遥远的数米之外，才再次浮现它们勺形的秀气的头颅。

两只水鸟对视数秒，似乎完成短暂告别，其中一只调转过头，朝岸边的苇丛游来。我跟着这只童话般的小水鸟走出好远，才发现更袖珍的队伍。三个只有香皂盒那么大的小家伙，从参差不齐的茎秆中游出来，向它们的母亲聚拢而来。它们的小母亲打嗝一样向后顿挫着脖子，零星的一声一声叫，指引孩子跟从自己。母子一起向前游动，偶尔打转，它们就像在水面上练习幼稚的书法。小母亲突然扎进水里，不知跑到什么地方去了，只留下不知所措、原地徘徊的几个小朋友。很快，捉迷藏的小母亲又回来喂食，小嘴里衔着更小的食物。它是勤勉的小母亲，精心照料自己出生不久的宝宝。我离开这个相互关爱的水鸟家庭，让小家伙们安心享用它们的早餐，继续向前走。

五百米之外的水湾里，我看到另外一只，和刚才的水鸟是同一个品种。它独自，可能是单身，正耐心整理背羽，涟漪就是它的梳妆台。

往回走的时候，我看见一个水池，几十米的长宽。台阶不是用于攀登的，是作为观众席的那种台阶，宽阔且绵长，高度正好适应人体坐姿从膝盖到脚踝的摆放。显然是户外演出的场地，似乎利用率不高。不像昨晚在人民公园，夜色中看音乐喷泉，看跳舞的水，看直达八十多米、上升到极限的水，那个热闹。我向池子瞥了一眼，储水浅，透明度在清澈与混浊之间。再看一眼，我发现，水正好浸漫着隐约的鳞纹。原来，有条水泥雕刻的龙，在水里沉潜，涟漪就荡漾在它微微的拱脊上。我看不到头尾，只有这一截绵延的龙身。上次在寺庙也是这样，透过裂格窗照进来的光，落到地下……斑驳神秘，像龙的鳞皮；而龙硕大的额角和龙尾，以及蜿蜒的龙身，彻底隐匿于白昼炽烈的光线之中。这条潜在几乎废弃水池中的龙，水泥制造，无头无尾，做工谈不上精细，鳞甲甚至是粗粝的，刻刀留下重复而缺乏耐心的道道划痕。奇怪的是，如此粗制滥造的龙依然不可久观。看得时间长了，就会迷惑。我盯着水下，感到这条一动不动、只露出几片逆鳞的龙，依然给我渐生的恐惧。

铜梁别称龙都，到处都能看到龙的形象。我住的金龙别院，大堂里盘卷着腾空的龙，气势磅礴，它有金塑之身和喷火的眼睛。龙是神兽。鹿角，牛头，驴嘴，虾眼，鱼鳞，蛇身，凤足……它能行云布雨、开山移河。可谁见过龙，即使在龙乡？1976年发现的“铜梁文化”遗址，在耕土层之下是腐殖质、黏土层和粉砂，是动物骨骼和牙齿的化石。那里面有剑齿象、中国犀、世貘、蝎牛这些陌生的名字，也有植物化石和因陈旧而更为迷人的各种花粉，可是，找不到龙的痕迹和食物。龙根本是想象之物，它却完成了真正意义的下凡——因为世间各个角落，都有龙的身影和故事，它生活在我们的生活里。衣有龙袍，食有龙虾，住有龙宫，行有龙舟，坐有龙椅，睡有龙床。中国十二属相里的动物，见过十一种，都熟悉；可没有谁见过龙，人们依然把这唯一的杜撰动物编入名册。龙在人间有它的传奇、它的宫殿、它的节日。它不显现真身，人们却一直在颂扬它的神目如电、法力无边。

在铜梁，舞龙灯是最为重要的传统。稻草龙、竹龙，荷花龙、板凳龙，你可以看到各种各样的龙。火龙最好看，激烈粗犷。那种强烈之美，不仅要求舞者的勇气，似乎也要求观看者的勇气。熔化的铁水，瞬间被拍溅为千万个细小的火团，漫天漫地，迸射夺目的光芒。璀璨之中的火龙和舞动着它的赤膊舞者，无惧考验，仿佛在烟火中经历涅槃。

我们说游水之龙，可铜梁的这条龙，是不怕水也不怕火的龙。人的视力平时难以直视亮度太高之物，我看火龙表演的时候，知道这是我可以承受的光芒的极限。眼冒金星，原来并非可怕的际遇，而是美妙至极的魔法体验。太多耀眼的星星，把每个人的瞳仁都映成深邃的夜空。碎的铁，不断绽放彻底的光。我在一万颗流星雨之间，在无法许愿的恍惚而幸福的失重里。光的砂粒，一次又一次压进枪管，有力而无羁……让我中了霰弹，身置濒死之美。

火龙表演，是在奇彩梦园的夜晚进行的。环绕着表演区周围的，似乎是空无一物的黑暗。其实我们知道，那里藏着多少热烈而无尽的花。铜梁，这个名字多硬啊，可除了龙，这里还有花，有柔情似水的生活……像童年的铁盒子里装了酥酥的夹心糖。

人们把花开时吹过的风叫“花信风”，是带有开花音讯的风候。俗话说：“花木管时令，鸟鸣报家时。”自然界的花草树木和飞禽走兽，都是秘密的报时器。一年之中的花信风有二十四番，以梅花为先，楝花最后，二十四番花信风过后，夏天就开始了。铜梁奇彩梦园的花海是会变化的，鸢尾、铃兰、金鱼草、四季海棠、三色堇、石竹、薰衣草、郁金香……潮涌不息，这里有随心所欲的彩虹之美。有什么花不好看呢？我偏心地认定，三色堇中有张小丑的脸是好看的，哪怕那种疱疹状的小花都是好看的，即使开得窸窸窣窣的，也好。花根本就是一种完全不讲道理的美物。

铜梁有个古镇，叫安居。我站在入口的小桥向下看，玛瑙色的鱼，让水面斑斓，成为整块变幻着的玛瑙。古镇有九宫十八庙，只是地势不平，窄窄的小路起起伏伏，高高低低，平平仄仄，像走在弦琴不同的音调上，走在古诗不同的韵脚之中。看沿街的老铺子，吃当地的特色小吃，听书馆里的金钱板……安居，这样的名字和地方，象征了安慰。

铜梁，有呼风唤雨、神秘的龙，有姹紫嫣红、日常的花，有不徐不疾、安然的城镇，如何让人不逍遥？别院看花，做个游神散仙，让梦稳心安。

儿童画中的启示

除了红蔻丹女郎、精品卫浴和楼盘的广告牌，睢宁县城的街市上，点缀着与众不同的儿童画。除了草木、金属和砖石，人类社会另有一些秘密而珍贵的建筑材料，由爱、哲人的智慧、圣徒的理想以及孩子的梦所组成。儿童画，就是孩子在用最任性自由的方式，描绘他们的梦，描绘他们对爱与美的最初理解。

月色荡漾，高高低低的荷叶上，池塘里的青蛙在合唱；秋天来了，晾晒的玉米铺出金屋顶，整个村庄都在童话般的祝福里；夜晚并不孤单，猫头鹰歪头，还睁着好奇的眼睛；琅琅书声，教室里的同学们就像田间正在成长的青幼小苗……线条不受约束，色彩也鲜艳得不讲道理，看着这些笔触生动的睢宁儿童画，让人都回忆起自己的童年。是啊，那时候，我们清洁无辜，对世界满怀天真信赖，相信着魔法、宝物和会说话的苹果树，相信所有公主王子的神话，相信只要坚持善良诚恳的品德，就会迎来彩虹般的未来，即使遇到险境，也会有翅膀透明的天使，将我们拯救。

刚刚描画长着金黄色睫毛的太阳时，也许我们的手还握不牢蜡笔；在练习本的初页写下“人”字，也许它还歪歪斜斜、两脚站立不稳——逐渐，纸上的阳光终会照耀我们内心的春天，生命扉页上的“人”字也会慢慢结实，直至，伫立如塔。

成熟，似乎意味着对童年越来越远的告别，其实孩子身上，永远保留着让人学习和获益的品德。大学毕业后，我分配到中国少年儿童出版社做儿童文学编辑，借以和童心一起跳动。这份工作，不仅是为晨粥夜饭迎暑纳凉的生计方式，更像一种秘密的生活指南。它象征着沐浴、更新与被爱，使我认识到，没有什么比一颗晶莹剔透的童心更趋近完美。多么希望孩子们每天都绽溢如花。我想让他们在春天能放牧绿色，秋天能握穗在手。希望他们善良，当小鸟飞累了落在地面上，会驻足或绕路而行，让它们不必提心吊胆，可以安安心心吃下这颗粮食。我想恳请大人们允许孩子的错误，你会发现手脚沾满泥巴的孩子与安静规矩的孩子一样，可爱并富有灵气。我编辑着文字，正是在表达我以及许许多多的人的这种愿望。后来，我调至新单位，回望来路才发觉，八年的儿童文学编辑生涯，完成的不仅是成人向儿童的教育传输，其实也是对自己内心的不断洗涤和陶冶……它让我始终坚信纯真里动人的力量。

参观了睢宁几所小学，孩子们正埋头专注地绘画，清亮的瞳仁里映射七色。我一边回忆起做儿童文学编辑带给我的精神财富，一边想到绘画大师毕加索的名言：为了像儿童那样作画，花费了我毕生的精力。这句话里，代表着艺术大师具有真知灼见的独特发现。我们永远都不能忽略孩子，他们怀有不可思议的力量，正如在许多科幻电影里所表现的，落入灾难的世界有时依靠勇士的决心来拯救，有时，仅仅依靠一个孩子的梦想。所以，也许尊重比影响更重要，我们尊重孩子的天性和人格所获取的收益，也许大过急于灌输给他们社会秩序中的种种观念。这点认识，甚至在睢宁儿童画里得到了直接的印证。我们注意到，越低龄的孩子，画得越有创造中的魅力；高年级了，接收更多的绘画经验，技术反而构成干扰，他们的画挑不出什么毛病，可最原始的最宝贵的最生动的最神奇的东西却流失了。

联想起我曾经的一幕亲历。我在散步时，看到草地上生长着一种野花，我无从得知它的真正命名，只好把它代称为月亮花。这是近乎奇迹的花，色彩和形态如同一轮满月，并且它只在夜晚开放。当你用手轻轻去拍打花苞，它竟然在十秒钟之内倏然开放，纯净月光下，被拍开的月亮花仿佛一枚枚袖珍的月亮……满地金黄，美得失真。当我陶醉于这种游戏，轻轻催开月亮花时，一个五岁左右的小女孩站在我身边，很有礼貌地劝说："阿姨，不要拍打，让它自己开，好吗？"小女孩穿着黄裙子，也像小小一朵月亮花。十年过去了，这句简单的话，让我一直记忆犹新，它提示着对美应有足够的等待耐心。每个孩子都是一朵月亮花吧，也许你急于让它开放，但是请等一等，请别去生硬地打扰，请去欣赏这个过程：它们自己在静静地努力开放。

驻留睢宁的几天，最吸引我的是这里丰富绚艳的儿童画——我知道，那些握着画笔的稚嫩小手，也是建筑辽阔未来的手。我也由此坚定了信念：只要始终信赖着纯真的力量，每个人的老年都有可能和童年相遇。

枯叶蝶之美

假设你是匆忙的游客，只有几天时间经停，那么台北未必让你心仪。八月中旬，我初次站在热气蒸腾的街道，像个快熟的肉包子，观察那些鳞次栉比的商铺，我感到了想象和现实之间轻微落差所产生的遗憾。我并不期待灯红酒绿的花花世界，只是希望那些建筑更有韵味和风格，那些隐藏其中的美会像日常生活那样频繁、安静而不需格外的寻找。这就是台北吗？我从中学地图册上辨识过，我从罗大佑和苏芮的歌声里铭记过："忠孝东路走九遍"和"一样的月光，一样地照着新店溪"……当忠孝东路成为能够用脚步丈量的，新店溪成为从宿舍窗口就能眺望到的风景，我的心情，如同终于

当忠孝东路成为能够用脚步丈量的，新店溪成为从宿舍窗口就能眺望到的风景。

娶到暗恋多年的梦中情人，既有踏实和满足，又尴尬于她竟然也需要排泄，以及由此而来的难以言明的小小失落。

坦率地说，如果走马观花地看，台北是一个容易吃亏的城市：它不显得那么好，不显得那么新、那么精致。先于它的动人，潦草之下你易于发现它的不美。

比如，狗。台湾地区许多地方，游走着自由的猫与狗。猫多身材修长，有张仿若经过磨骨的流行小脸。台湾的狗和大陆的狗感觉不同。大陆的狗宠物特征明显，玩具感十足，讲究种属，许多都有血统上的渊源证书。而在台湾地区，除了金毛、泰迪熊、雪纳瑞等习见品类，许多人所牵的爱犬长得太像狗了——我的意思是仿佛未经改良，刚从山上跑下来不久的样子。我只有一个朋友养这种狗，她说多数宠物犬身上，人为加工与异化痕迹太强，她更喜欢狗有狗的样子，保持着原貌和生机。但多数人和她的理解不同，我们擅长利用一切虚荣的机会，连狗都当作皮包或汽车的品牌般一较高下。我们只认 logo，担心养一只没有潜在 logo 标记的狗会让自己的身份变得 lower。其实除了宠物狗之外，最大区别是城市中的流浪狗。我在北京很少见到野狗，没有人给它们发暂住证，这些被视为有碍市容的面孔偶尔流窜出来，容易遭到棒杀。北京的狗肉馆虽然极少极少，我几乎没有遇到的印象，但我想它们牺牲后总可以很快到某处落脚点被煮成大补汤。即使越来越多的人把吃狗肉视为野蛮，但许许多多的肠胃里都曾消化过这些“人类的好朋友”。

台北乃至整个台湾地区有那么多野狗，最初令我惊讶。它们身上没有流浪艺术家的气息，没有潦倒落难的形象所诱发的怜悯，它们就那么难看并且自由，无拘无束。我居住在大香山，偶尔步行下山，就会在途中一块固定大石头上遇到那只睡得筋骨酥软的狗。它永远表情松弛，开始我不完全认识它，因为我多次路遇，可是无论过客的脚步还是汽车的轮转都不能惊扰它的梦境，它从来就没有为谁睁开过眼睛，睡得那么唯我独尊。只有从未遭受挫折和教训的狗，才有如此的国王心态。几天之后，我看到这只狗更为极端的表现，就像违法占道停车一样，它睡在行车线三分之一的位置，就像死了一样安宁。车辆被迫轻度违章地压到道路分界线才能绕过去。它皮毛不均，遍布脱色后的斑驳，醒了就不停用毛长短不齐的腿蹬挠痒处。类似难看的狗我在台湾地区都见到一些。尤其黑犬，在西方神话里暗示恶魔，不像流浪猫那样皮毛光润，这些狗脸上常伴生眼屎，从体形到五官，都显得狞厉，甚至直接就能出演恐怖电影的配角。本来它们有碍城市观瞻，但我适应之后，我逐渐发现它们凶脸之外的另一面。我从未见这些狗有过任何试图攻击的姿势，如果我长久盯着它们的眼睛，它们也不会处理成挑衅和预警的信息，有的甚至会害羞地跑开。原来有些内容和秘密，如果我抱着戒备和抵抗，它们就永远不会向我温柔地敞开。我需要尝试学习与那些自己不习惯的面孔和经验相处，学习平等地尊重每个生命。记得去垦丁，我们坐下潜的船艇去观察珊瑚礁和珠宝样散落其间的鱼群。在颠簸的节奏中，透过浮艇不算通透的玻璃，我看到的美璀璨、动荡、令人晕眩。此时，船舱里正回响着播音说明："尊重每种生物生存的权利，不伤害……"眼前是斑斓一如彩宝石的鱼，可这句话使我联想到的，却是国际学舍附近那群样貌丑陋的野狗。类似广播里的劝导我在许多场合都听过，但第一次体会，它不仅针对美丽的稀有动物，也针对普通乃至丑陋的动物。记得泰国也有许多丑狗，三三两两，安睡在寺庙金碧辉煌的塔尖之下，在宗教的光辉里获得护佑。也许所谓的宽容，并非努力去容忍丑陋，而是不过分苛刻和挑剔，让丑的和美的一样，获得神应许过的公平；也不要急于对美丑轻言宣判，因为那常常暴露出我们自身在欣赏方面的局限，许多先验判断会导致借口之后理当的暴力。当停止抵触，我才能体会到杂乱毛丛后面那种干净的温情。比如在九份那只陪伴我们散步的妞妞，长得狂野凶悍，其实是家养之宠，但主人给它不囚禁的野狗般的自由，它陪我们散步，却体会着我们陪它散步的快乐……亲爱的妞妞，谢谢你通过自己犬牙交错的小恶鬼形象传递给我这个陌生人的好意。

通过对待野狗的态度，可以看出台湾人的善良、平等、宽容和那种成为习惯的温柔。来到这里之前，我对台湾人缺乏了解，整体印象模糊，因此也谈不上特别的好感。如果说有什么偏见的话，好像谁说过台湾人抠门。深入实际的环境，当看到台湾地区的银行给顾客的信封都是回收过的，当看到大家尽量使用公共交通工具，看到耕莘文教院里大家使用电梯都是觉得人多才不会产生浪费能源的道德压力……你们不知道，我变得多么喜欢这种“吝啬”，因为这里面包含着对生活的珍惜、对责任的担当。与我们接触的台湾人普遍好客，花费财力和精力带我们领略美食和风光的时候是那么诚恳和慷慨，让我常常受宠若惊、无以为报。我后来明白，为什么有些大陆人会有认识偏见，因为难以理解，有的台湾人明明家财万贯，依然不放纵享乐，安于简单的生活。其实，这正是我喜欢许多台湾人的地方。尽管许多女性都热衷名牌包，但整体来说，台湾人相对低调、内敛，不靠浮夸来塑造形象，也不靠物质炫耀来维护虚荣心，他们坚持着一种朴素的本真。无论是学术上卓有建树的学者，还是商界纵横的所谓成功人士，他们都没有蓄意的造型设计，而是安心去做最基础的社会服务，平易到你不仅易于忽略他的成就，甚至会怀疑他的文化教育程度——当然，我有时也为此受到隐约的惊吓，就像突然得知，为你修理自行车的老头儿原来是个著名的机械博士。

我曾听过一次对台湾人的负面评价。我的一个熟人跟我说，台湾人显得有点做作和虚伪。我问他具体的事件，他举不出例证，只说就有那么一种顽固的感觉。我在这里的两个月，感受到许多台湾人的美好，每次问路，他们指引时那种详细而漫长的耐心几乎让我的耐心崩溃。我感知他们的友善，基本上没有遇到什么淡漠的对待。我并不由此得意，认为台湾人对大陆人一律抱有内在的热情。许多大陆同胞疏于礼貌和教养，那种自私与自以为与台湾人的习惯相抵触，他们不可能熟视无睹，但多数台湾人采取没有外在痕迹的克制方式。

这是虚伪吗？我不认为。对陌生人善意，即使反感也尽量去维护对方的尊严——如果这是虚伪，那么这是一种多么美好的“虚伪”，因为它需要的是律己而并非责他。我们往往觉得乡野之人纯朴，觉得他们有一种由内心生发的热情。然而人类文明化的过程，一定伴随着所谓的“虚伪化”过程。因为野兽时代，当遇到敌人我们就会分泌肾上腺素，想冲上去撕咬；但现代社会，即使我们恨死剥削自己的残酷上司，肾上腺素超量汹涌，往往也只能忍辱负重，甚至呈现出逆向反应，去点头哈腰地赔笑。可能这是文明的代价，我们不能随意地释放自己的情绪，就像不能随意排泄一样——所以，一个人内急而表面上若无其事不是虚伪，这种必要的隐忍既是自尊，也是对他人的尊重。

我那个熟人说，他不相信，台湾人为什么没有那么大的火气，难道他们个个脾气温良吗？对于一个随地吐痰的人来说，他会觉得那些不随地吐痰的人虚伪，因为他认为是更隐秘、更恶心的习惯才使他们看起来更卫生，要不然，那些痰藏到了哪里呢？其实，良好的教养有益于减少不洁之物，就像许多学者的修辞里没有脏话一样。在台湾最频繁听到的词语是“不好意思”和“谢谢”，只有习惯顾及他人和乐于感恩的人们相互之间才这样表达。何况台湾人温文尔雅，却一点不掩饰他们在学术上的锋芒。他们不陷溺于人际周旋，表达直接而犀利，这让我格外心生敬意。所以我回去先要告诉熟人，不要盲目武断，有时批评别人的痣，其实反向地揭露出我们自己的污点，何况，我们还没有看清对方的那个是不是美人痣。我希望他能重新调整对虚伪的认识，西方人动辄“亲爱的”，出于对人友好亲密的习惯，不要依据自己的狭隘认识，认为对方既然说过“亲爱的”却不马上进一步调戏就是虚伪。

两个月来，我暴走台湾，竟然没有遇到一次吵架，没有目睹一次语言或肢体冲突。就像一个真实的立体之物必然携带阴影一样，我知道台湾社会肯定存在粗鲁和不义，存在不公和残酷，存在阴谋和罪恶，存在黄赌毒和黑社会……我只是幸运地没有遇到而已。然而，两个月频繁的户外活动没有遇上争执，我的幸运，至少说明这种事情在台湾的发生概率是较低的。

我只遇到一次不算友好的恐吓。我在国际学舍门口的坡道上等公车，一个飞行物带着噪声降临。这种我不熟悉的马蜂突然悬停空中，与我对视，中间只相隔短短的几厘米。当时的感觉像动画片效果一样失真，瞬间失血的我近距离目击马蜂像西班牙斗牛一样矩形而充血的头部。那是个让人惊恐无措并彻底败下阵来的对视。犹豫片刻，马蜂就像直升机那样飞走了。所以我在台北只体会过三秒钟的恐惧。后来我从新闻上得知虎头蜂蜇伤多人，我宁愿相信，它停伫的那一刻是在辨认我的身份——感染了台湾善待客人的风俗，马蜂放过了我这个异乡客。我为这两个月所享受到的美好与宁静，而感谢台湾的丰茂植物、可爱动物和善良人类。

两个月来，吃了一些美食，看了一些风景，买了一些特产。我比原来更适应繁体字，能够一瞥之间迅速抓取《苹果日报》上花边新闻的要义。我适应了把“项目”改称“案子”，把“地铁”改称“捷运”，但依然适应不了在乌来馥兰朵酒店洗温泉时，新北市政府贴在汤屋里的注意事项：第十三条是“出浴后不宜直接进入烤箱”。我虽能明白是什么意思，但当时一人独处，所见唯有树林，看到此般提示，觉得自己活像落入童话里吃人婆婆的小屋。

世上有很多著名景点，到此一游之后，离去就没有遗憾。而台湾不一样。两个月里非常勤奋地旅游，我甚至没时间坐下来写作，是希望自己尽量减少遗憾，文字回去动笔不迟。但我现在发现，台湾是一个你来得越多、遗憾越多的地方。比如乌来我去过两次，遗憾没有去第三次；花莲我也去过两次，遗憾自己不能住在那里。就是在离开旅游手册依然畅行无碍的台北，我还有那么多的地方没来得及体验。这次来台湾，我还错过了莲雾、错过了平溪的天灯、错过了花莲的萤火虫之夜……我没想到自己会有那么多的不舍和惦念。回想刚刚到达台湾的那天，我误以为自己离开的时候会了无挂碍。我不知道，台湾最初貌不惊人的低调中，暗含如此渗透我心的魅力。

想起在台北动物园看到的枯叶蝶。

如此安静、低微，如此习于隐藏自己的害羞。枯叶蝶的翅膀，模拟着暮秋、衰败和破损。它一点也不显眼，正因为易于被忽略，繁花似锦中它也不显落魄。它是蓄意隐身的蝴蝶，仿佛有意拒绝亮如白昼的美。枯叶蝶平常叠合双翼，谈不上好看；但假设它张开翅膀，我惊讶于，它竟然能把自身的美色闭合得那么紧，像看守一个秘密。枯叶蝶的翅膀，就像圆月和它照耀下的幽蓝而荡漾的湖水……

有些枯叶蝶的翅膀有残破，不对称，甚至略显褴褛。假设我们稍微有一点耐心，就会发现，从那破损里，正好透露出另一面翅膀的光彩。就像我从流浪狗的自由里看到台湾人的真与善，从不事张扬的风格里看到一个城市的定力。是的，枯叶蝶从残破中隐隐显露的光彩如此之美，就像天使留下的一个指纹。或者说，一点点欠缺，正是用意所在——神明指点世人，这里，隐藏着什么样秘而不宣的美。

从地图上看，有人说台湾的形状像一枚番薯，有人说它像张起的帆……若要我来形容，无他，台湾就像枯叶蝶叠合起来的翅膀。

蔚县剪纸

转动收音机的旋钮，我听到间或的新闻、歌曲、噼啪作响的噪声……直到，那个声带略带沙哑的说书人，拍响石破天惊的醒木——梁山上的快意恩仇即将上演。童年的我热衷听评书《水浒传》，可惜此后，除了接触过语文课本上的林冲和京剧中的十字坡、野猪林，我对那些江湖好汉几近相忘。直到 2014 年 7 月，在蔚县，看到陈越新整套的剪纸作品《一百单八将》，他们义薄云天，慷慨磊落……那些记忆中的英雄呼啸而来。

这是陈越新多年积累的心血之作，具有强烈的美感与现代风格。他废除了许多版本，最终筛选出令自己欣慰的成品。

《一百单八将》，是在戏曲基础上完成的造型。剪纸造“型”

当然重要，更重要的是造“势”。剪纸张张颇具动态，神气活现，我几乎能够听到袍服或甲胄、云肩或靠旗、剑戟或弓弩相互摩擦的声响。古代英雄运用兵器，不说拿和用，说的是那个动词：“使”。使一条浑铁点钢枪，使一把青龙偃月刀，使一双铜鞭，使一杆枣木槊。使，这个词果然生动，有一种不羁与霸气。舞刀弄枪的纵横和流畅，从这套剪纸的“势”中能够看出来。以静态完成动态的表达，剪纸才能不滞不板、不僵不死。

为了抵达“势效”，陈越新完成对传统的个人突破。他运用直线和直角，如此大胆，如此大量。大刀关胜、黑旋风李逵、病大虫薛永，身体拉伸的角度，使臂腿与侧腹形成对称的梯形。插翅虎雷横、小霸王周通体侧，是两个互映的钝角。没羽箭张清，腿部是直角。青面兽杨志，用方阔的矩形代替右臂。中国古典艺术中天然的蕴藉，很难用几何中的直线条来表达，传统中多用象征圆融的弧。然而就像诗歌中的险韵，难得，陈越新运用得这么好——转折陡峭，收放自如。肩臂、胸腹、肘弯、衣袂，四十五度的切线，甚至是绝对的直角。有如刀柄的直，有如刀锋的利，彰显出动作的张力，恰好表现英雄好汉的凛冽与果决。

并非只是在结构和造型上剑走偏锋，陈越新的“水浒”，胜在对人物的出色理解，使之符合身份、性格和经历。陈越新认为，姿态和招式要有内在的道理。以举扇为例，可以发现恶霸和张扬的武功高手，扇子举的位置很高；小生和儒士，会低调地把扇子放在胸前的低位附近；背景深厚者，有时把扇子藏于背后，让人感觉有韬略或阴谋。连细若发丝的处理，陈越新都别具匠心。武松披发如旗，专门以粗犷的写意刀法，来呈现他的奇伟与刚猛；操刀鬼曹正屠户出身，在梁山也是负责杀猪宰牛，除了身怀戾气，可以想象曹正发髻上的油质：果然丝缕见光。再比如，服饰。武艺高强的双枪将董平，屡立头功，他的铠甲细看有四五种的图案，给人以强烈印象；通臂猿侯健，飞针走线，善裁会绣，做得一手好裁缝活儿，负责梁山的衣甲供应，手捧布匹的形象，微妙借助一点点不易察觉的雌性因素。

我小时候，从形象上难以分清鲁智深与沙僧，感觉都是卷胡子、袒胸脯的和尚，志趣不在禅理，更在忠义，只不过前者莽撞，后者庸顺。陈越新的鲁智深跃然纸上，肚脐闪烁的星芒，令我忍俊不禁。的确，他的理解是对的，鲁智深肉大身沉，骨子里却是毫不油滑的率性与天真。

不仅这套水浒系列，陈越新的花鸟与瑞兽同样率性天真，即使福寿禄喜这类传统民俗题材，很容易陈庸，他的设计也意趣盎然，气象拔俗。

我们知道，芭蕾舞演员要求严格的身体比例，脖颈和腿臂纤长，骨肉匀停——头颅所占比例很小，头的长度叠加九次为身高，俗称“九头身”。而中国剪纸的选择迥异，头颅所占比例很大，四五分的样子，仿如婴孩，显得喜庆可爱，有着孩子气的任性——这既出于美学原则，也出于实用原则，因为常规大小的头颅，无法匹配浓墨重彩的服饰，会被“吃掉”。

设色上，陈越新同样体现卓然的过人之处。品红绛紫，葱绿莲青，藤黄钴蓝……饱和度极高，真是明艳啊，如此古典，如此醒目。那么多汹涌的颜色，却浑然一体，有着内在的激情与优雅。没有色彩是不舒服的，他丰富的设色经得起挑剔。没有沉闷，只有浓烈；没有轻浮，只有含蓄。既张扬又庄重，陈越新的色彩能够完成这样迷人的平衡。我的词语无法捕捉，一如蝶翼——这些剪纸不是钉死在展翅板沟槽上的标本，而是闪烁着的活的翅膀。

宋代的严羽在《沧浪诗话》里提到过两个词：优游不迫，沉着痛快。“沉着痛快”所赞誉的坚稳而流利、遒劲而酣畅，不止用来形容诗文和书法，它也让我想到陈越新的剪纸。很难说他的作品是细腻还是豪迈，是饱满还是空灵，是沉稳还是飘逸，是严整还是顽皮，是典雅端庄还是清新烂漫，是法度严谨还是汪洋恣肆。他的作品里有如撞色般的形容词，看似冲突，却无比自洽。就像陈越新其人，很难说他是稚拙还是睿智，是谦逊还是清高，这些看似对立之物都在他的性格里存在，并因此体现为作品里自在的生趣与诗意。

艺术家有若小神，他创造出一个令人信服的彼岸世界，让我们信任、沉迷且向往。所谓的栩栩如生，不是向现实屈膝的顶礼膜拜——是的，绝非意味着成为现实的奴隶，而是要成为超现实的神明。

美，来自限制之下的放纵，以及教养之后的不羁。

文如其人。我曾否认这个词，因为那么多的伪善者妙手文章；及至中年，我才从怀疑转为深信。与陈越新交流，颇见知识的积累和领悟的慧心，他的创作一如其人。甚至样貌亦如此，陈越新的国字脸型，太像他自己刻画的那些戏曲古人，只差挂一个髯口，就成为重情尚义的古代的老英雄。

早在他曾是乡野少年的时候，就迷恋残庙里的壁画和神像。他从戏曲，从泥塑、木刻、砖雕中吸收营养。从漆彩剥落的造像，到留着麦香气息的月饼模子……他有一双万花筒后面孩童般好奇而渴望的眼睛，发现隐藏在碎屑中的魔法。

他热爱戏曲艺术，从京剧到梆子，什么都喜欢。陈越新20世纪70年代末曾在北京进修过一段时间，那时“文化大革命”刚刚结束，传统戏得以恢复，可鲜有观众。陈越新拿着从美术馆开出的免费看戏证明，每天前往，乐此不疲。

从西北到山东，陈越新研究剪纸沿黄河流域的风格变化，以及什么是内核里的精气神，万变不离其宗。与众不同，陈越新的视野绝不局限，他还研究国外的剪纸艺术，而非一味拒绝和排斥，畏之如虎狼。如果没有足够的眼界、胸襟和胃纳，永远只满足于来源单一的食物，无论我们把这种食物表述得如何珍贵，它不过相当于一种不换配方的高级饲料。像鹰一样，飞得更高，看得更辽阔，才能保持翱翔的从容与野性的犀利；无论是温良的兔子还是毒辣的蛇，鹰有能力把什么都消化为自身的营养。

真正的敬畏传统，是尊重与理解之后的责任担当——不是浇注水泥来巩固它的造型，而是灌溉清泉，让它开枝散叶。对传统的捍卫与对创新的渴望，使陈越新这位笃信者的脚印成为一条方向清晰的开垦道路。严谨而自由，他的作品气息如此独特。我们知道，艺术家的成就以其巅峰来判定，任何创作者在创作过程中，水平会有起伏的动荡与调整。我看过一些冠以盛名的剪纸大师，状态不稳，有令人赞绝的神工，也有令人叹息的匠气。陈越新的整体表现，难觅失准之作。一方面，因为自律，他会废掉不满意的作品；另一方面，天赋、教养、见识和审美所提供的保障，使他不会出现失控与失态。甚至，圣诞老人这样的创新系列，他以东方美学来呈现西方题材，都是格外和谐的。

陈越新早晨四点多就起床，每天画一张水墨画儿，这是他日常的享乐与训练。这个一生吃素的人，生活至简。他没有不良嗜好，除非工作应酬和朋友会聚的场合，他没有独自小斟过一杯。他讨厌虚度光阴，创作给他带来的喜悦难以言表。他手绘原创稿样，顺利的时候可以一天一张，他说“跟电脑的速度一样”——这个内敛的老者，难得流露这样孩子气的得意。

为人谦和，骨子里有清傲。陈越新像某种有骨节的植物，吐纳更新，无浊混之气。这是一个沉潜者，争名夺利对他来说，构不成吸引。他心境淡泊，强烈的，是对艺术标准的坚持。剪纸制作上，刀工和色工普遍按计件收费，而陈越新为了保证品质，不计件，他按时间支付工资，希望工人们能够不焦躁，平心静气地，把每张剪纸做到趋近完美。一刀是一刀的活儿，一厘是一厘的活儿，质量第一的情况下，数量该是多少就是多少，他不追求多快好省的利益极限。

在陈越新身上，有种气定神闲的东西。他非常纯粹。所谓纯粹，包含着沉迷艺术的无悔，抵御诱惑的坚定，不擅经营的笨拙，以及处事原则的不妥协。在民间艺人和坊间商人的阵营中，我久已习惯失望，难得一见这样的纯粹：专注于创作本身，他身怀一腔忘我的热爱。他不关心市场的倾斜，他不测量掌声的分贝……如此，没有俗物障目，没有俗声入耳，艺术世界的隐秘光线照彻过来，他才能目睹万物生动，听到低语悦耳。大约唯有寂寞与怡然的宁静中，才会有天籁降临。

陈越新的性格上，不喜欢哗众取宠，这在锣鼓喧天的热闹中多少显得格格不入。因为会唱歌的人能够声音嘹亮，但在传播学上容易被误读，以为声音最高的就是唱得最好的，所以我们听到太多的荒腔走板。即使许多造诣上远不能与陈越新比肩者，如今声名鹊起，陈越新不急不躁，不羡不慕，不愤不怒，他的内心，拥有艺术家的静气与尊严。只有由衷的热爱和底气，才能让人无惧无畏。走得太远的前行者，只能被少数人看到背影，因为他不在热闹的中心；但艺术，从来都是独自面对的困境、冒险与突围，他将因超越而享有高贵的孤独。

不被声名和利益所累，不被传统和地域所限，陈越新出入从容。手艺人的诚恳与学者的境界，才能孕育陈越新的剪纸艺术。他真正具备手艺人的品德。说到品德，应该被拆解为品与德。品是趣味和审美，德是态度与操守。有了双重的保证，一个创作者才能穿越平凡，抵达极境。

陈越新，让我对蔚县剪纸产生了格外的尊重。此前，我在这个市场活跃的著名剪纸之乡，也发现了一些隐忧。

随着剪纸的发展，有些早期纹样现在难以刻镂，这和刀工水准的下滑有关。一个好工人，刀法凝练精湛——在外行的我看来，叹服他们执握毛笔般的悬腕动作，又像在细密地缝纫，几近刺绣。但早年的剪纸许多都是小尺寸，通常是八厘米乘十厘米，最大不过二十厘米乘三十厘米。由于小尺寸制作比例很大，刀工需要经受更为严苛的训练。有若微雕，不能走神和咳嗽，需要绝对的耐心与专注。20 世纪七八十年代的戏剧脸谱，要求刻出的胡子为五十根，即使细腻地刻到肉眼难以轻易区分的四十九根，也算为废品。正是这种责难式的要求，使蔚县剪纸厂多年享有出口免验的声誉。后来，时代变迁，人们不愿再把精力消耗在利润相对低廉的小尺寸剪纸上。剪纸尺寸变大了，对精度不必那么讲究，使工人得不到苛刻与频繁的训练，手底活儿自然生疏。其实，所有花费的笨功夫往往不会浪费，我们因为偷懒或贪利所省略的内容，可能正是最为宝贵的本质。

近年来，蔚县出现大量电脑剪纸，算是一种创新手段。电脑对知名画作或照片进行分色与叠层处理，然后大批复制，造就一种丰富和立体的效果。它们可能带来新鲜别样的视觉冲击力，作为艺术尝试和驱动市场的手段，无可厚非。但若以此大量侵蚀手工剪纸市场，有如外来物种消灭本土生态，是令人扼腕的。这类剪纸所用是绘画的底板、雕塑的材质，是取巧的中和，但若真正 PK，这种电脑剪纸的表现力均输于两者——像数年前被热衷谈及的美女作家，通常情况下，她单纯以姿色论算不得大美女，单纯以写作实力论算不得好作家，中和一下，好像可以妥协和迁就了，其实利用的，是双重标准的降低。我想，一种艺术门类的存在价值，在于它不能被其他门类所替代。我们不能只靠传统产生的利息过活，需要注入新资本与新活力——但那种注入，必然是天然的补给，而非兴奋剂的骚动和注水肉的增重。

电脑替代，是一种科技进步，是提升产能的妙方，甚至在视觉印象和评价体系上，看起来比传统剪纸更“逼真”。但不能忘记，作为一种平面造型的艺术，剪纸有其独特魅力。剪纸甚至和文字相似，力求在平面限制中达至非凡的承载能力。文字要求画面感，像剪纸般要求运笔如刀、入木三分，所谓的栩栩如生，是通过这些笔画和句段的组合，感知事物与事件的轮廓、色彩乃至声音、气息。文字的形式看似简朗，却意态万千；然而文字不是摄影，否则仅就“还原”来说，一张外行的照片也能击毁你所谓的“栩栩如生”。文学创作需要概括、感知、提炼、领悟、描述等多种能量的汇聚，就其完成的效果而言，艺术真实与生活真实虽存在交汇但绝不能完全叠合——否则，这种创作就沦为生活的奴隶，而非灵魂的伴侣。剪纸同样，它需要人的气息和味道，需要大脑、心脏和手的配合，需要人所创造的奇迹，甚至包括需要人所产生的偏差。就像，手书和电脑集字是不一样的。就像，当我们从电视节目里的头脑风暴，惊叹于人类的记忆和潜能——其实这些所谓的复杂运算，是一台普通计算机轻易得出的结论，只是它不会令人喜悦和激动。

手艺活，这个词概括得一语双关——手艺是活的，活的是有生命的，有生命的一定是有变化的。艺术的生动，并非因为它是肉毒杆菌作用下焕然一新的脸，恰恰在于，它带着独特而真实的皱纹存在。

商业席卷中，传统会受到潮汐的冲击和淘洗。我们理解，人们需要寻找到速效的手段来提升生活品质，任何以高尚为理由意欲摧毁他人生活的方式都不可能是真正高尚的。产业化，既是政治需要，也是人民的生存需要，但依然不能离开对艺术的敬畏。剪纸和许多古老艺术一样，可能会受到某种伤害，甚至，严峻的情况下需要带癌生存。话说，癌细胞就存在本身而言，无过，它是正常肌体必然携带的部分；但若是泛滥，使健康肌体受到致命摧毁，最后结果，只能是同归于尽的合葬而已。

比如一刀活常规是五十张左右，经过压制的宣纸叠加在一起，层数越少，刻刀的误差和损耗越小。手工刻制的剪纸，有着微妙的厚度和体积感，更立体丰盈。但为了追求高效，部分作坊采用机器重压，层数最多达至百张。这种机器的助力强制压榨，有时甚至会破坏和断裂宣纸内部的纤维。其后果，不仅导致纸张的扁平呆板，也带来着色程序的区别。我想象，宣纸里的纤维像植物的根系，原本能够主动吸附颜色，而已死的纤维就像剪枝后被浸泡在水里的切花。活根吸水与死茎泡水，是乍看似无二致，可只要稍一经过时间的检验，命运迥异：一个是让你忍不住精心灌溉，另一个是让你新鲜过后弃如敝屣。放得越久，越见差异。这样说，并非在故弄玄虚，就像乐音与噪音，并不需要发烧友那样敏感而专业的耳朵就能够鉴别。

蔚县，既有陈越新这样沉潜的创作者，也有许多热闹的剪纸商人。我事先看过蔚县剪纸工艺大师的介绍资料，赞美的形容词太接近了，几近共享关系；我所震撼的，是见到剪纸实物，再回忆那些褒义词，发现那些同义词之间的差别，竟然已成反义的效果——是的，对比实物，它们之间的关系不是渐进，不是过渡，根本就是相互的决绝与背离。在有些人看来，粗糙和拙朴相近，琐碎和细腻毫无二致，他们离艺术所需的敏感隔着无法穿越的距离。因为缺乏艺术天赋与职业操守，导致他们热衷于照猫画虎的作坊复制——这是卖剪纸吗？卖的，不过是剪下来的纸。

想想王老赏、李佃士这些蔚县老辈艺人的剪纸，这么多年来被复制，它们依然散发强烈的艺术魅力——因为经典，经得起磨损。如同莎士比亚的戏剧，经得起千万次的演绎。我们需要挖掘传统文化的可能，但不能就此对传统文化进行破坏性开采。如果粗制滥造，如果不在源头上维护水质，尤其，如果不在原创设计上投入心血，那么几近杀鸡取卵、竭泽而渔，轰轰烈烈的喧嚣后面，必存在声誉萎缩的潜忧。

剪纸产生于“慢”的生活与时代，而今处在由慢向快骤然的转换，我们可能还不擅长甚至难以驾驭这样的速度。而创作，有时需要更高的培育成本，有时仅仅是更为耐心的等待。

我以前误读蔚县的“蔚”为蔚蓝的“蔚”，其实蔚县的这个“蔚”，音同美誉的誉。我宁愿想象，这不是读音的巧合，而是一种由来已久的赞扬。

从蔚县回来，我把陈越新的剪纸按在窗玻璃上。我看到一个经过雕镂的世界，从它的刀痕与缺刻中，照过丝丝缕缕的光线。剪纸作为窗花，被举到微微高过平行视线的高度上，它们值得这样的端详，值得我们放下评判者那种自以为是的凌驾姿态。因为剪纸的传承，不仅是手艺本身，它也寄寓着最为朴质的美学与哲学。

人的一生，莫不是一张剪纸：珍惜什么，放弃什么；有幸刻写下什么，无奈错失过什么——方寸得失，如是我们努力，或可成为难以独特的这一张或那一张。但愿，我们不是现代社会模具下的机械纸人；但愿，我们的呼吸依然带着时间的体温，我们的皱纹依然带着神明的指纹。我们天真，因为深怀对这个世界由衷的爱意与深情。

泰顺即景

木

泰顺有太多的植物，太多的绿。花开灿烂，烟火般。南国红豆杉，果实密集、璀璨，殷红得像刺破指尖的血滴。老柳杉的树皮已然开裂，纹裂纵贯，像勉强箍住的木桶，然而枝冠盛大，有如童话世界的自由辽阔。红枫古道，秋色迷人，旧红、旧黄、旧绿……各种颜色的落叶铺陈堆叠，就像古老、内敛而绚丽的绣片。冬天的泰顺也意趣盎然，就像秋天落叶一样，雪花从天堂的透明枝上脱落，无根无茎。如果说一片叶子，记忆着整棵树和整个秋季，那么一片雪花，同样记忆着神的宫殿以及储藏其中的慷慨。光裸的树枝用墨省俭，或枯或润，呼应着古村落鱼脊似的檐瓦……黑白相间的泰顺，既寒且暖。

最美的是泗溪桥边的乌桕和香樟。乌桕宜赏，叶子由绿而紫而红，花朵和籽实皆可入目——经霜的秋叶炽烈如火，冬天枝头的籽实经久不凋，一棵树拥有迥异的四季。香樟的气息令人上瘾，既可提神醒脑，又可驱除虫害……几近神谕。冠形如伞，那里悬挂着一万条真理。这两棵乌桕和香樟相倚而生，树冠搭成空中的廊桥——在它们的枝条里飞鸟跳跃，在它们的投影里游鱼聚集。

千百年的寒来暑往，履约的两棵树就这样，无声无息守护着一座优美廊桥。

桥

泰顺以廊桥闻名。其实乍到泰顺，廊桥并不给人惊艳之感，因为它如此自然地置身自然之中，就像池塘里的水滴，只是怡然的和谐，而非美得突兀的镶嵌物。

桥的过渡，就像梦之于时间——廊桥使人停留，甚至忘

红枫古道，秋色迷人。

返，这样的梦可以重温、可以成真。顾名思义，廊桥是加上屋檐的桥。桥作为连通两岸的建筑，功能仅仅是途经；加诸檐廊，意蕴不同：廊桥，如亭可观景，如屋可驻足，如商铺可买卖，如站台可生离死别，如庙宇可求愿祈福。即使霜雪，也不再是寒冽的威胁，而成为宜观的风景。

一座廊桥，可以是绳结，连接两岸的命运；也可以是告别，从此三十年河东，三十年河西。想起痴情重诺的尾生，若是有这样一座风雨不侵的廊桥，他必等来，风雨初霁后款款赴约的娇娘。古往今来，廊桥上交错而过的，或是痛失的前世今生，或是，由所有明天组成的未来，蜂拥而至。

泰顺拥有各种各样的桥。碇步桥，石拱桥，过河时脚下流水淙淙，旋律轻悦。最享有盛誉的，是其中的编梁式廊桥。解说员用几根木条，为我们演示它的基础结构，小小模型，简易实用，既古朴又具内在的现代感。廊桥不铆不钉，只需别撑顶压，就能够承担非常的受力。桥体越压越紧实，不会发生侧移，不压反而松散。廊桥这一受力特点，如背负牧童的水牛绷牢背肌，如经过岁月累积的情感具有抵御灾难的能量，亦如泰顺县域，风云际会中多少政治或军事的席卷之力，都难以摧毁它的沉静与悠缓。许多名人贤士为避祸乱，曾迁居于此——这里仿若得到“泰顺”这个名字里，那神明一般的护佑。

由于时间所限，我们这群文人没能有幸前往文兴桥，只参观了它的模型。这也是一座编梁式廊桥，特别之处是左右不对称：一侧平舒，一侧高崛。据说，跨过此桥能够获得畅达的文运……或许是的，“文似看山不喜平”。

水

氡，这是一种奇怪的物质，具有放射性，却无色、无臭、无味。发现它的化学家将其命名为 niton，源于希腊文 niteo，原意是“发光”，因它能在黑暗中散发光亮——固体氡呈现天蓝色的钻石光泽。化学元素周期表上，氡位于惰性气体的末位，性质并不活泼。

通常情况下，氡为人体健康带来危害，是罹患肺癌的重要病因。奇异的是，氡温泉、盐温泉和硫化泉并称为三大温泉疗治手段，对高血压、冠心病、风湿、关节炎、神经炎、皮肤病等，具有非凡的医疗作用。毒，在某些条件下恰如解药，这是造物的神秘与伟大。

洗浴氡泉的时候，由于没有硫黄的碱腥气味，我闻不到别样，正常得就像龙头下的自来水，让我颇感怀疑：像徒有其名，像偷梁换柱，这，真的，是温泉？浴后皮肤格外光滑，我仿佛镀上一层薄薄的釉彩——这才相信，果真是温泉，只有秘密而天然的化学物质才能完成此般功效。第二天早晨，重温氡泉。这个深秋，一瀑流水，让我这个体寒者立即感受到来自地层深处的汹涌暖意。

鸟

泰顺的水好。有氡泉，还有丰富的瀑布与湖泊资源。

我们在飞云湖乘坐排筏。清澈的水面，显影着天上的流云与飞鸟；是否，也有天上的湖泊，倒映着涟漪与游鱼？一个对称的世界，如廊桥美妙的两岸。船头惊起水鸟，它们的翅身只是数团浅褐色的雾团，彩绘的头颅却清晰，呈现在如画的取景框里。

泰顺有异鸟，学名黄腹角雉。它一身戏曲装束，是中国特有的鸟，是古色古香能够进入国画的鸟。发情期的雄鸟，喉下膨胀的朱红色肉裙中现出翠蓝条纹，远看如繁体的“寿”字，有“寿鸡”之称。兴奋的雄鸟不断炫耀美色，它所追求的，的确是个值得的妻子，可以为它传递优秀的基因。孵卵后期的雌鸟，被捕捉时也拒绝离巢，最后一秒还在掩护处境形同危卵的孩子；护雏的雌鸟，会猛烈无畏地反击入侵者，以保全自己的孩子——即使，黄腹角雉本是极易受到惊吓的生物。之所以被嘲笑，因为它笨拙胆小，遇到危险常常呆立原地，只把赤红的头隐藏在杂草丛中，形同鸵鸟之技。我愿意猜测，这未必出于怯懦，也许是角雉的生存策略——因为它的黄腹和羽斑，与松针、苔藓、枯枝败叶非常相似，它以拟态消灭自身的踪迹。

有些人，有些事，有些物，不争。不是兵燹之地才能证明勇敢，不是殉葬品隆重才能证明财富。这个世界，有些美好是这样存在着，它们仿佛消融了自己却又在其中获得秘密的成长……比如根系在土壤里，泰顺在时光的沧桑之中。

在和顺

如果梦想与生活毫无衔接之处，那它就不值得被普遍向往。总有美好的事物，总有一些面孔和风景，来自梦想与现实的接壤地带，仿若，象征着被神所应许的幸福。比如此刻，我站在曾经无数次幻想抵达过的云南。远处的田，高处流散的云，姑娘身上的银饰随着走动发出轻悦之声……极边之城，这里有一种你想把自己彻底遗忘其间的生活。

天空还透着隐隐的黛蓝色，踏过寂静的石板桥，荷塘里的莲花呈现着剪影样的轮廓。当我进入清晨的和顺，游客还未到来，它还沉浸在独自的梦境，没有打开那道连接世界的门。女人已经煮浆，溜出户门的狗开始了一天的交际，我碰到唯一早起的男人是个赶鹅者——斜戴着一顶帽子，眼睛里还不甚清明，他的鹅走起来倒是步履从容，比他更有主人气派。穿巷而过，水气清润，飞掠的燕子闪过喉间一抹杏黄，连网丝上的蜘蛛都是可爱的，精密的细腿像古董表上的指针。百年木榫构架下的老屋，藏着时光的秘宝，门窗上出自剑川木匠的饰金彩雕，透进一缕正在明亮起来的光线……

整个上午，我在和顺的缓坡路上闲散地消磨，看游鱼，看三三两两的洗衣亭，看垂花点缀的院墙，看元龙阁里还未着颜彩的神像，看用缅甸柚木打造的光泽柔润的家具，更重要的，是看那些路过的也许今生都不会再次相逢的脸。聊天的，肩扛担子的，卖松花糕的，开店铺的，边发呆边想心事的……他们的日子是我永远无法真正了解的，我的感慨，不过是一个浮光掠影的过客流于表面的羡慕和向往。何其芳曾在《画梦录》里谈到，人可能生来就有某种地域性的错误，但我想，无论降生在怎样适宜与不适宜的土壤，没有谁，内心不需要如此一座桃花源。

光亮之下，这个古老的村落有若恍惚仙境。我设想那些不为外人所知的时刻，月光的长桨将如何摇动，把夜色中的和顺送往彼岸……我的心就被什么轻轻漾动，如同被微风吹拂，枕靠在最微小的涟漪上。

当年，远走夷方的男人们，踏山渡水，百舍重茧，无论怎样都要回到这里，除了孝敬和感恩的美德，一定还有什么原因珍藏着，我们这些好奇的观光客无缘得知。如同在和顺听到的由四个傈僳族男孩组成的合唱，他们歌颂母亲，当然还有爱情，因为是用母语演唱的，我们并不清楚具体词句，但那重重叠叠的和声，散发出奇异的感召力，让人迷醉、信赖和听从。拥有诚挚感情和安静美德的人，才能像这样地歌唱吧。

由此想起这里天下闻名的宝石。玉碎瓦全，从成语里就可以判断，玉有一种不苟且的品质。云南许多女子都戴着玉首饰，戴着戴着，玉的色彩和光泽都会发生微妙变化——玉是能戴活的，因为，它是最特别的石头，懂得响应和感恩。我从来迷恋难以度量的物质，玉，理想，爱和承诺，都是如此；而太值得珍重的东西，又是不敢轻易碰触的，总觉得自己配不上。在同行人中，我是唯一没有买玉的。离开玉石之乡，我并无什么纪念物，看似了无痕迹，其实，记忆里有了一道优美的擦痕。

玉，怀有暗恋般绝望无言的美，它几乎是不能被揭示的……我对玉和云南的感情，大约与此有着某种相仿之处。

大理蝴蝶梦

梦想，它有多远？它常常是作为无法丈量的词汇来使用的。也许，这是距离我最近的梦想：飞行两千多公里，我就可以触碰到它——云南，我愿栖居一生的地方。我甚至说不清迷恋的到底是什么，低处的繁花，还是高处流散的云？是菌菇之鲜，还是姑娘的银饰随着走动发出的轻悦声响？只知道，这里的空气有令人舒服的温度，这里的土壤酸碱平衡，正适合栽植我的梦想……

大理久负盛名，但我真正见到苍山洱海，已是2011年的春天。苍山近在咫尺，在四季如春的云南，它的雪却终年不化，依然保持着它的神秘与凛然。洱海清澈，它那干净而优美的耳廓里，只听得见鱼鸟的呢喃。大理古城就在苍山洱海的环抱中：溪水川流而过，到处漫溢花香，两侧商铺多是银器店。工匠们采用的是最古老的手工，如同执守着倔强的承诺：在叮叮当当的敲打中，花朵铺开渐次的重瓣；他们黝黑的手耐心刷洗，让银，慢慢绽放出动人的光芒。对比金子的张狂，银，是多么安静、温顺、叫人疼惜……它天然带着旧人的安心与温暖。

对我来说，大理另有迷魅之处——电影《五朵金花》讲述的爱情故事，把我带到蝴蝶泉边。我从小就受到它的蛊惑，这美的精灵：蝴蝶，各怀芳名、身披锦缎，翩然展开它们飘逸的双翼，演绎着梁祝生死相依的神话。其实，蝴蝶自己的身世，也足够传奇。

小时候，淘气的男孩相互比试勇气，他们把毛毛虫放在掌心，看谁能忍受它令人恶心的外表和由此带来的麻烦。就像手心里有一千枚同时炸开的小刺。他们会为冒险而后悔，因为由此造成的皮肤过敏数日不退，痒痛难忍。恼怒的孩子甚至为此踩死毛毛虫，作为报复。为了到达未来，一只毛毛虫那么强烈地抗拒，那么顽强地渴生。是什么，燃烧在毛毛虫看似愚蠢的臃肿蛋白质里？是希望，那小小的坚决的光亮。它要坚持活下来，直到，成为破茧而出的蝴蝶。

从丑陋到美艳，每一只蝴蝶都有将自己成功摆渡到彼岸的理想。

蝴蝶，高处的光。它的美，让人完全遗忘了它曾经的丑陋和艰难。它飞起来，如同一小团将燃将熄的火焰……带给我们耳语般的梦境。

蝴蝶，收敛全部的刺，那些曾经的对抗好像都化作桃绒般细腻多彩的鳞粉——蝴蝶用无限的柔软和温存，迎接自己最后的时光。我曾轻视过蝴蝶的浮华，它没有如简约的老者那样返璞归真。我曾把蝴蝶看作一种典型的青春期抒情动物，带着它铺张的翅膀，带着它的华丽、矫情与飘摇的浪漫主义，成为春天的舞王。但时过中年，我才能体会出晚年的巴洛克是多么傲人的嚣张。坚持到终点的美，说明它从未在途中被出卖。我越来越折服于蝴蝶的勇敢。因为，从幼虫变为成虫，蝴蝶缩小了现实主义的肉身，它把生命的最大比例，让位给翅膀，耀眼的梦想一般的翅膀。即使，这是老年的辉煌，这是濒死的璀璨，蝴蝶不畏惧，依然破茧而出。谁能始终心怀灿烂的向往，拥有大蝴蝶向死的无畏？脆弱的蝴蝶，勇敢的蝴蝶——只有梦想，能同时具备脆弱和勇敢两种特质。我深知，谁能把梦想维护到晚年，谁就是自己的英雄。

大理，以大理石和蝴蝶著称……多奇妙啊，以最坚硬和最柔软之物著称，这个城市性格里，包含怎样秘密的两极？

我平常在远离大理的地方生活。忙碌、慌张、焦虑不安，在万丈红尘中执迷……但我知道，这不是自己愿意接纳的方式。我喜欢大理，喜欢大理、西双版纳、腾冲等所象征的云南，喜欢这里舒缓的节奏和永远从容的春天……我梦想云南是自己安度晚年的地方。因为深怀这个梦想，我甚至觉得衰老也是值得安慰和庆祝的事情。遥远的却一直被期待的未来，我想象在大理学院的院落里，在茶花树下读书、品茗、小睡。好像自己的一生同样经过卵、幼虫和成虫的漫长阶段，直到羽化，直到展开蝶翼般轻盈的自由……即使那只是一个退休老者的梦寐，也依然是明媚的，依然耀动着迷人的眼斑。

到大理唯一的遗憾，是去看情景歌舞剧《蝴蝶之梦》时发生的。

当我们陆续入场，我前排的观众即将落座时惊喜地发现，一只黑白相间的大斑蝶正落在他的椅背。他小心地伸出手，蝴蝶竟然在他的指端慢慢扇翅。演出的剧目名为《蝴蝶之梦》，而此时在温度清冷的剧场里看到一只真蝴蝶，确实恍若梦境。过了许久，这只奇迹般的蝴蝶才翩然起飞，飞过观众席上方的空旷，在顶棚高高低低的灯架上起起伏伏、跌跌撞撞。那里有光，以及由此象征的暖意。看那只悲剧的蝴蝶在光束里扑闪，像囚禁在梦里的囚徒。《蝴蝶之梦》？它怎能信赖这个名字就误闯险境！像个信赖文学等同生活的孩子，从而使自己坠入深渊。

……演出开始了，灯光暗下来，那只蝴蝶不知所终。

苍山如黛，洱海漾波，这场大型歌舞展示着多彩的民族风情。弹过白族的弦子，敲过佤族的木鼓，歌舞的最后一幕：蝴蝶泉边的情人相会。双人舞演员离场，女演员突然抖动手臂，许多只蝴蝶被抛撒出来。长时间密集地关押，翅膀的折损，还有冰冷的室温，几乎没有蝴蝶能立即展翅，它们像落叶、更像纸钱那样，垂直下降，纷纷停落。中间没有缓冲和停顿，很快群舞演员上台——脆弱的真蝴蝶，一动不动，被化装成它们模样的舞蹈演员踩死了。我明白了开场前那只奇迹般蝴蝶的来历，多么希望，舞台上的蝴蝶也能奇迹般错过这么多纷乱踩踏的脚。演员们表情欢愉，模仿蝴蝶嬉戏；在他们轻盈的追逐和跳跃下，一次次，蝴蝶轻盈的薄翼被碾碎。逃亡吧，从那些可怕的模仿者中间，从热烈的赞美者中间！但蝴蝶仿佛遵循着夜间作息的规律，继续睡眠，安静地，承受杀戮。

为什么非要用真蝴蝶呢？如果预知它们必然的死期，何必追求瞬间的炫耀？这让编导和舞者，看起来，不像怀有爱惜之心。

演出结束后，我从许多破碎的蝶翅之间，捡到一只浅绿色的小蝴蝶。它奄奄一息，翅衣边缘像撕纸样的参差。我用双手搭起拱壁，捂着这只受伤的蝴蝶，它不动，但我的掌心能感觉它触丝般的依附。回到酒店，我用浸了糖水的纸巾铺在浅碟子里，尝试哺喂，但小蝴蝶用残余的力量挣扎了几步，爬离那片甜蜜的区域。

第二天早晨，我发现蝴蝶一动不动停在昨天的位置。也许经过一夜休整，也许因为重新调整了糖纸的湿度，我终于看到这只蝴蝶的嘴，像弯曲的弹簧从内部打开，它以虹吸的方式吮糖，补充着宝贵的体能。

去机场前，我不得不把它放到酒店前的盆栽花上。气温还是低的，风很大，小蝴蝶依旧无法展翅，我感觉它从未飞过。而这几朵嫣红的花，是它短暂生命中唯一见过的植物。

1999 年，我曾在罗马听到这样的当地传说，如果把硬币从背后抛入喷泉，就一定能够故地重游。我这样做了，灵巧的硬币双面旋转着无声入水。而在大理，我所放飞的这枚小小蝴蝶，就是最诗意的硬币——它停落的地方，是我的许愿之地。愿我不久之后就能重返，愿大理永远是蝴蝶自由飞舞的天堂。

神的香火，人的烟火

泉州，又称刺桐或鲤城，名称颇具古意。这里的确古老。开元寺历经八百年风雨的古塔，筑造时考虑到近海的地质条件，塔上塔下，结构比例为1∶1。像棵巨树，冠盖之下，是深邃而密集的织根，是一万只鹰爪，是枯骨般死不悔改的指节，分分秒秒，攥牢黑暗中的土。花岗岩质的石塔，榫卯般叠砌，地震也不能动摇古塔的翘角和刹顶，不能动摇浮雕上的众神之威。

泉州的神很多。基督教、佛教、道教等和民间信仰同时存在。仅在开元寺里，回廊中央有造型别致的古印度教石柱；月台基座有七十二幅狮身人面的石刻——形象起源埃及；大雄宝殿的斗拱上，有二十四尊木雕飞天，被称为妙音鸟。据说每逢释迦牟尼讲经，妙音鸟就会飞来聆听。宝殿之上，妙音鸟体态婀娜，彩翼缤纷，她们手持乐器，鼓瑟吹箫。中国式的飞翔是腾云驾雾，无须翅膀，御风而行；所谓心猿意马，无所不至，神仙动个念头就能动身。西方天使，肩胛生有精巧或铺张的翅膀，如同开元寺的乐伎妙音鸟，造型更近印度女神和希腊天使，面容呈现浓郁的异国风情。官方的解说词说：在泉州，不同宗教和文化之间的影响和交融处处可见。我感觉温暖，这里的神，邻里关系和睦友善，他们不用自己的法力伤害彼此。

不同于许多旅游地，寺庙与教堂是以某种证书意义的实物展品形式而存在的；泉州的众神，渗透世间万象。而且，神的居所如此平易，与人们毗邻而居，神就住在电器通信、包裹汽车座椅、数码冲印、金银回收的店铺旁边，住在小客栈和志愿献血屋旁边，住在五谷杂粮加工点、肉粽汤包店、草药铺、食杂摊、茶叶馆、冷饮窗口旁边。神界的香火，和人世的烟火，一起袅袅，升腾。

何况神，有时就是从人群中走出的。沿海地区普遍信奉妈祖，天后宫里香火很盛。妈祖原名林默，是位渔家女，后来不幸溺水。她死后显现神迹，乘席渡海，拯救绝望中的遇险者。林默曾是大海的受难者，却由此成为护佑之神；她逾越个人的灾祸，祈愿苍生获得解脱和平安。妈祖，海上的女神，她领会世间的柴米油盐，穿越冥界的惊涛骇浪，她把自己修炼成数亿信众的神。

许多人信奉妈祖，因为泉州曾是最为重要的港口，海事频繁。通过泉州，进口商品有金属、香料、珠宝、布匹、水果和玻璃，出口商品有绸缎、茶酒、药材、乐器、禽鸟和琉璃。1974 年出土的古船，令世人震撼。这是 13 世纪福建所造的帆船，材质多为杉木，也有少量的樟木与松木，纤维纹理依稀可辨。多桅、多舱、多层板，这条宋代海船残长二十四米二，残宽九米一五，载重为两百吨，相当于一支七百头骆驼的运输队。它满载金属、陶瓷、香料、药物、竹木、藤器和编织物……当它无声沉默，像搁浅在沙床上、成为化石的巨鲸。有多少人曾为它欢歌，又有多少人曾为它殉葬。古往今来，有乡愁可寄的人，就像有港湾的船只；有多少张远征的帆，海上就有多少条回家的路，岸上就有多少盏不眠等待的灯火。

泉州的寺庙古老，沉船古老，桥也古老。建造年代距今千载的洛阳桥，依然结实耐用。桥墩是特有的船筏型，古人就懂得利用养殖繁生的牡蛎，使桥基和桥墩牢牢胶合，坚固桥体。我走过桥头，已是潮退，泊在浅水的船只拴在一起，几乎像石桥一样不会荡漾。桥下的沙床上，许多铅黑岩块也裸露着，布满星星点点的白斑。这些长柱形、垒成斜角支撑的石桩，是簇簇丛丛的蛎房——牡蛎像作物一样生长。更近的滩涂上，是密集的小螃蟹。蟹钳并不对称，只有单侧尺寸膨胀，它就举着这只园丁剪般锋利的独螯，捍卫自己沙洞里有限的王国。蟹体虽小，但纷争频起——远远看去，这片冷兵器的战场，铁马金戈，无声中叮叮当当。

当地人说，原来洛阳桥下有大个儿的野蟹，连壳带黄都结实得要命，后来看不见行迹了。我本嗜蟹如命，听了倒不遗憾，因为泉州好吃的东西太多了。

早晨去吃面线糊，搁了蛎蟹，搁了香菇豆腐，搁了醋肉和鸭胗，搁了这么多，就是不放心，还有各类浇头呢，错过了什么都不甘心。除了面线糊，蚵仔煎，土笋冻，布线糊，润饼，芋泥……泉州小吃竟有一百多种，作为一个资深馋虫，我感到难以自拔地掉进美食的诱惑与陷阱里，原谅我吃得斯文扫地、奋不顾身。我刚刚吃下一个肉粽，又遇到侯阿婆的门店。侯阿婆肉粽，比刚才那家好吃太多，这个招牌干贝肉粽，馅料丰富，蘸汁浓郁，香得那么自然，又那么有序，难怪泉州籍大美女潘向黎名誉推荐。实在不舍美味，我靠着毅力连续吃两碗肉粽，不禁佩服自己是个多么有肚量的女人。好吃啊，不过也好讨厌，我得承受以后漫长无解的暗恋——查了查淘宝，侯阿婆没有电商。想起多年前人民文学出版社旁边的小饭馆，那道著名的圆白菜炒粉丝，每每让我丧失意志和更高的人生追求。后来道路改造，饭馆搬迁，了无踪迹。那条马路变宽，我却心路狭窄，幽怨之下就觉出几分吃不着的委屈。我想，只要那个炒圆白菜的厨师还活着，人生遇到什么，都不值得去死。

我不喝茶，也没有在旅游区采购的爱好，可参观五店市的红砖古厝，在门口酒盅那么大的小小一口……万应茶好喝，让我形容不出滋味。以广藿香、香薷、荆芥、茯苓、半夏、防风、茵陈、柴胡、甘草等五十九味中药配制，假设以色彩论，就有紫苏、白术、红茶、青蒿、墨旱莲、金银花等。哎呀，我至少得储备六十个神秘的形容词来进行化学调配，才能接近准确——我当然形容不出来，曹雪芹也形容不出来。

我边写泉州边发现，不知不觉，用了大量名词。因为这个地方好东西多，好吃好喝的多，好玩的地方也多。泉州传统戏曲丰富，有南音、锦歌、高甲戏等，我还喜欢木偶戏，木偶竟然能有三十六根之多的提线。这么多歌，这么多戏，还有石雕、花灯，过日子像过节。喜欢书画的在这儿买八宝印泥，里面有麝香、珍珠、猴枣、玛瑙、珊瑚、金箔、梅片、琥珀等八种珍贵材料，经过研磨成粉，再加陈油、洋红、艾绒而成。身体容易不适的在这儿买片仔癀。福建把一切炎症统称为“癀”，吃一片药即可消炎退癀，故名片仔癀。片仔癀既治慢性的肝病，又治刀伤、骨折和烧烫之创，对无名肿毒亦疗效显著。怎么会有这么传奇的药呢？在假货泛滥的今天，这样的灵丹妙药听起来活像骗术，幸亏片仔癀是屡试不爽的老方，从来，不被动摇信任。

对于艺术品来说，纳博科夫认为其中存在两种东西的融合：诗的激情和纯科学的精确。对于城市生活呢？我在泉州体会到一种宜人之味。寺庙密集，小吃密集——好的城市生活融合了出世与入世，融合了形而上与形而下。而且在泉州，一切并非博物馆式的呈现，它们是根系里的毛细血管，点滴渗透

花就这样，既自由又安静，开给慈悲的众神，也开给熙熙攘攘、来来往往的众生。

在日常之中。七里香一般为灌木，五店市的七里香长成乔木的高度……叶影婆娑，这是一棵暗香浮动的树。一般桑树只有八十到两百年的树龄，开元寺的古桑，根据碳 14 的测定，它已经历一千多年的风雨。传说它曾开出满枝的白莲，我们难证真伪，但至少我们目睹另外的奇迹：一棵树，能把自己长成树林。植物在此都成仙成精，何况是人？

泉州以刺桐为市花，呼应它古老的名字。也许季节不对，我没看到刺桐开花，但见木棉汹涌——橘红色，颜色厚重得像上了釉。 木棉是一种有体重的花，落花时，重量级的朵瓣和萼片，发出“梆”的一响。眯起眼睛，通过木棉，想象近似的刺桐。刺桐也属高大乔木，我想象铺天盖云的树冠，想象烈火般席卷的红花，盛大、狂野……花就这样，既自由又安静，开给慈悲的众神，也开给熙熙攘攘、来来往往的众生。